Deseo

IDILIO EN EL BOSQUE
JANICE MAYNARD

HARLEQUIN

Editado por Harlequin Ibérica.
Una división de HarperCollins Ibérica, S.A.
Núñez de Balboa, 56
28001 Madrid

© 2013 Janice Maynard
© 2015 Harlequin Ibérica, una división de HarperCollins Ibérica, S.A.
Idilio en el bosque, n.º 2073 - 25.11.15
Título original: A Billionaire for Christmas
Publicada originalmente por Harlequin Enterprises, Ltd.

I.S.B.N.: 978-84-687-6640-9
Depósito legal: M-28046-2015
Impresión en CPI (Barcelona)
Fecha impresion para Argentina: 23.5.16
Distribuidor exclusivo para España: LOGISTA
Distribuidor para México: CODIPLYRSA
Distribuidores para Argentina: Interior, DGP, S.A. Alvarado 2118.
Cap. Fed./Buenos Aires y Gran Buenos Aires, VACCARO HNOS.

JUN - - 2016

Capítulo Uno

A Leo Cavallo le dolía la cabeza; en realidad, le dolía todo el cuerpo. Conducir desde Atlanta a las montañas del este de Tennessee no le había parecido tan pesado sobre el mapa, pero no había tenido en cuenta lo difícil que resultaba hacerlo de noche por carreteras rurales llenas de curvas. Y como estaban a principios de diciembre, oscurecía muy pronto.

Miró el reloj del salpicadero y gimió. Eran más de las nueve y no sabía si se hallaba cerca de su destino. El GPS había dejado de darle información quince kilómetros antes. El termómetro marcaba un grado, lo que implicaba que la lluvia que golpeaba el parabrisas se convertiría en cualquier momento en nieve. Y su coche, un Jaguar, no estaba diseñado para conducir con mal tiempo.

Sudando bajo el fino jersey de algodón, buscó en la guantera un antiácido. En su cabeza oyó la voz de su hermano, alta y clara.

«Lo digo en serio, Leo. Tienes que cambiar. Has tenido un infarto».

«Un incidente cardiaco leve», le había contestado Leo. «No dramatices. Estoy en excelente forma física, ya has oído al médico».

«Sí, lo he oído. Dice que tienes un nivel de estrés elevadísimo. Y nos ha hablado de la propensión hereditaria. Nuestro padre murió antes de cumplir cuarenta y dos años. Si sigues así, te tendré que enterrar con él».

Leo chupó la pastilla y lanzó un juramento cuando la carretera se transformó en un camino de grava. Forzó la vista en busca de cualquier señal de vida, pero reinaba una profunda oscuridad. Estaba acostumbrado a las luces de Atlanta. Desde el ático en que vivía había una vista magnífica de la ciudad. Las luces de neón y la gente eran lo que le proporcionaba energía vital. ¿Por qué, entonces, había accedido a exiliarse voluntariamente en aquel remoto lugar?

Cinco minutos después, ya a punto de darse la vuelta, vio una luz en la oscuridad. Cuando aparcó frente a la casa iluminada, le dolían todos los músculos de la tensión.

Agarró la chaqueta de cuero, se bajó del vehículo y comenzó a tiritar. Había dejado de llover, pero lo saludó una espesa niebla. De momento dejaría el equipaje en el coche. No sabía dónde estaría su cabaña.

Las suelas de sus caros zapatos se le llenaron de barro al dirigirse a la puerta de la moderna estructura de troncos. No vio timbre alguno, así que agarró el llamador en forma de cabeza de oso y dio tres golpes en la puerta. Se encendieron más luces en la casa. Mientras desplazaba el peso de un pie a otro con impaciencia, oyó una voz femenina procedente del interior:

–¿Quién es?

–Leo Cavallo –gritó. Apretó los dientes y buscó un tono más conciliador–. ¿Puedo entrar?

***

Phoebe abrió la puerta algo nerviosa, pero no porque tuviera que tener miedo del hombre que estaba en el porche, ya que llevaba varias horas esperándolo. Lo que temía era decirle la verdad.

Lo dejó pasar. Era un hombre grande, ancho de espaldas, le brillaba el pelo castaño y ondulado.

Leo se quitó la chaqueta y a ella le llegó el olor de su loción para después del afeitado. Él llenaba la habitación con su presencia.

Ella le miró los zapatos y se mordió los labios.

–¿Le importaría quitarse los zapatos? He fregado el suelo esta mañana.

El frunció el ceño, pero le hizo caso. Antes de que ella pudiera decirle algo más, lanzó una rápida ojeada a la cabaña para después mirarla a ella. Leo tenía unos rasgos agradables, muy masculinos: nariz fuerte, frente noble, mandíbula cincelada y labios hechos para besar a una mujer.

–Estoy agotado y muerto de hambre. Si me indica cuál es mi cabaña, me gustaría instalarme inmediatamente, señorita…

–Kemper, Phoebe Kemper. Llámeme Phoebe.

La voz baja y áspera de él la había acariciado como un amante, e indicaba que era un hombre que controlaba la situación.

Tragó saliva y se frotó las manos húmedas en los pantalones.

–Ha sobrado estofado de ternera con verduras. Hoy he cenado tarde. Si le apetece un poco… También tengo pan de maíz.

La expresión de contrariedad de Leo se dulcificó y esbozó una sonrisa.

–Me parece fantástico.

–El cuarto de baño es la primera puerta a la derecha. Voy a poner la mesa.

–¿Y después me enseñará mi cabaña?

–Desde luego.

Él se ausentó poco rato, pero ella ya lo tenía todo preparado cuando volvió: un mantel individual, cubiertos de plata y un plato humeante de estofado acompañado de pan de maíz y una servilleta amarilla.

–No sabía qué quería para beber.

–Un café descafeinado, si tiene.

–Por supuesto.

Preparó el café y le sirvió una taza mientras él comía. Se entretuvo recogiendo cosas de la cocina y llenando el lavaplatos. Lo que su huésped había dicho parecía cierto: estaba muerto de hambre, ya que se tomó dos platos de estofado y tres rebanadas de pan, además de unas galletas de postre que Phoebe había hecho por la mañana.

Cuando estaba acabando de comer, ella se excusó.

–Vuelvo enseguida –le dejó la cafetera en la mesa–. Sírvase más café.

El humor de Leo mejoró considerablemente al comer. No le apetecía salir para cenar y, aunque la cabaña estaría llena de provisiones, no era buen cocinero. En Atlanta, todo lo que quería comer lo tenía a mano, ya fuera *sushi* a las tres de la mañana o un desayuno completo al amanecer.

Cuando se tomó las últimas migas de las deliciosas galletas, se levantó y se estiró. Tenía el cuerpo contracturado de estar sentado tantas horas al volante. Recordó la recomendación del médico de que no hiciera grandes esfuerzos. Pero era lo único que sabía hacer: seguir hacia delante a toda velocidad sin mirar atrás.

Debía cambiar de forma de ser. Aunque le había irritado que tanta gente estuviera encima de él, compañeros de trabajo, médicos y su familia, sabía que se preocupaban porque los había asustado. Se desmayó mientras estaba de pie dando una conferencia a un grupo de inversores.

No recordaba con claridad lo que sucedió después. No podía respirar y sentía una enorme opresión en el pecho. Molesto por aquellos recuerdos, se puso a pasear por la cocina y el salón, que formaban una sola pieza.

Era un lugar agradable, con suelo de parqué, alfombras de colores y sofás cómodos. Una araña en el techo emitía un amplio círculo de cálida luz. En la pared del fondo había una chimenea de piedra y una librería. Mientras echaba un vistazo a los libros de Phoebe, se dio cuenta, con placer, de que tendría tiempo para leer, a diferencia de lo habitual.

Un leve ruido le indicó que Phoebe había vuelto. Se volvió, la miró y, por primera vez, reconoció que era una belleza. Era alta y esbelta, con una larga melena negra recogida en una trenza. No había en ella debilidad ni fragilidad alguna, pero Leo pensó que muchos hombres correrían en su ayuda simplemente para que sus labios, carnosos y del color de las rosas pálidas, les sonrieran.

Llevaba unos vaqueros desteñidos y una blusa de seda roja. Tenía los ojos tan oscuros que parecían negros.

–¿Se siente mejor ahora? –le preguntó ella con una sonrisa–. Al menos, ya no tiene pinta de querer matar a alguien.

Él se encogió de hombros.

–Lo siento. He tenido un día horrible.

–Y me temo que va a empeorar. Hay un problema con su reserva.

–Eso es imposible. Mi cuñada se ha encargado de todos los detalles. Y he recibido la confirmación.

–Llevo todo el día llamándola, sin resultado. Y no tenía el número de usted.

–Lo siento, pero mi sobrina ha tirado el móvil de su madre a la bañera, por eso no le ha contestado. Pero no se preocupe. Ya estoy aquí, y no parece que tenga un exceso de reservas –afirmó él haciéndose el gracioso.

Phoebe no hizo caso de la gracia y frunció el ceño.

–Anoche llovió a mares e hizo mucho viento. Su cabaña no está en condiciones de ser habitada.

–No se preocupe, no soy muy exigente. Seguro que me las arreglo.

–Supongo que tendré que enseñársela para convencerle. Venga conmigo, por favor.

–¿Llevo el coche hasta allí? –preguntó mientras se ponía los zapatos.

Ella agarró algo y se lo metió en el bolsillo.

–No hace falta –se puso una chaqueta muy parecida a la de él–. Vamos.

En el porche agarró una linterna grande y pesada. El tiempo no había mejorado.

Leo siguió a Phoebe. Se impacientó al darse cuenta de que podían haber hecho en coche los metros que separaban ambos edificios.

–Voy a por el coche –dijo–. Seguro que me las arreglaré.

En ese preciso momento, ella se detuvo tan bruscamente que estuvieron a punto de chocar.

–Ya hemos llegado. Eso es lo que queda de su alquiler de dos meses.

La potente luz de la linterna reveló el daño provocado por la tormenta de la noche anterior. Un enorme árbol estaba atravesado sobre la cabaña. Con la fuerza de la caída, el tejado se había hundido.

–¡Por Dios! –él miró hacia atrás pensando que la casa de Phoebe podía haber corrido la misma suerte–. Supongo que se daría un susto de muerte.

Ella hizo una mueca.

–He pasado noches mejores. Sucedió a las tres de la madrugada. El estruendo me despertó. No intenté salir, desde luego, por lo que no supe la magnitud del daño hasta esta mañana.

–¿No ha tratado de cubrir el tejado?

–¿Cree que soy una supermujer? –preguntó ella riéndose–. Conozco mis limitaciones, señor Cavallo. He llamado a la compañía de seguros que, como comprenderá, está desbordada por los daños causados por la tormenta. Parece que un agente vendrá mañana por la tarde, pero no las tengo todas conmigo. El interior ya estaba empapado debido a la fuerte lluvia. El daño ya estaba hecho. No podía hacer nada.

Leo se dijo que tenía razón, pero ¿dónde iba a alojarse? A pesar de lo mucho que había protestado ante su hermano Luc y su cuñada Hattie, la idea de tomarse un descanso no le desagradaba. Tal vez pudiera encontrarse a sí mismo al aire libre, incluso descubrir un

9

nuevo sentido a la vida que, como había comprobado recientemente, era frágil y maravillosa a la vez.

—Si ha visto suficiente —dijo Phoebe—, volvamos. No voy a hacerle volver a la carretera con este tiempo. Puede pasar la noche conmigo.

Deshicieron el camino andado. Phoebe señaló su cabaña.

—¿Por qué no entra a calentarse? Su cuñada me dijo que ha estado usted en el hospital. Si me dice lo que necesita de su equipaje, se lo llevaré.

Leo se sonrojó de vergüenza y frustración. ¡Maldita fuera Hattie y su instinto maternal!

—Gracias, pero puedo sacar las maletas solo —replicó con brusquedad.

La pobre Phoebe no sabía que su reciente enfermedad era un tema del que no quería oír hablar. Era un hombre joven, y no soportaba que lo trataran como a un inválido. Y no sabía muy bien por qué le parecía muy importante que la encantadora Phoebe lo considerara un hombre competente y capaz, no alguien que necesitara cuidados.

De pronto se oyó el llanto de un bebé. Leo se dio la vuelta esperando ver la llegada de otro coche. Pero Phoebe y él seguían solos.

Pensó que tal vez fuera el grito de un lince rojo, que abundaba en esa zona. Antes de que pudiera seguir especulando, el llanto se oyó de nuevo.

—Tenga —le dijo ella tendiéndole la linterna—. Debo entrar.

Él la tomó y sonrió.

—¿Así que me deja aquí solo con un peligroso animal acechándonos?

—No sé de qué me habla.

—¿No es un lince rojo lo que hemos oído?

Ella se echó a reír.

—No —respondió ella, que se sacó del bolsillo el pequeño aparato que había agarrado antes de salir. Un intercomunicador—. El sonido que parece el llanto de un niño es exactamente eso: el de un bebé. Y será mejor que entre enseguida antes de que la cosa vaya a más.

Capítulo Dos

Leo se quedó mirándola con la boca abierta hasta después de que la puerta principal se cerrara. Solo reaccionó al darse cuenta de que las manos estaban a punto de congelársele. Buscó la más pequeña de las maletas que había llevado y también el maletín que contenía su ordenador y una bolsa con ropa.

Cerró con llave el coche, entró y se quedó inmóvil al ver a Phoebe junto a la chimenea con un bebé sobre el hombro al que acariciaba la espalda. Leo experimentó emociones encontradas. La escena era hermosa, pero un bebé implicaba la presencia de un padre. Se sintió decepcionado. Phoebe no llevaba anillo de casada, pero vio que el bebé y ella se parecían.

Era evidente que Phoebe no estaba disponible. Y aunque Leo adoraba a sus dos sobrinos, no era de esa clase de hombres que se dedicaba a columpiar a los niños en la rodilla.

Phoebe alzó la vista y sonrió.

—Este es Teddy, diminutivo de Theodore. Tiene seis meses.

Leo volvió a quitarse los zapatos y dejó el equipaje en el suelo. Se acercó al fuego y logró sonreír.

—Es guapo.

—No lo es tanto a las tres de la mañana.

—¿No duerme bien?

12

Ella reaccionó como si hubiera una crítica implícita en la pregunta.

–Duerme perfectamente para su edad. ¿Verdad que sí, amor mío? –el bebé se estaba chupando el puño. Phoebe frotó la nariz contra su cuello–. La mayor parte de las noches duerme de diez a seis o siete de la mañana. Pero creo que le está saliendo un diente.

–No lo estará pasando bien.

Ella se cambio al bebé al brazo izquierdo y se lo puso a la cadera.

–Voy a enseñarle la habitación de invitados. Creo que no lo molestaremos aunque tenga que levantarme con él durante la noche.

Leo la siguió por un pasillo que conducía, primero, a la habitación de ella y, al fondo, al otro dormitorio. Leo sintió un frío intenso al entrar en él.

–Lo siento. Pronto se habrá calentado.

Él miró alrededor con curiosidad.

–Es bonita.

Una enorme cama de madera dominaba la habitación. Unas cortinas verdes cubrían la ventana. El cuarto de baño tenía ducha y jacuzzi. El suelo era de madera, igual que el del resto de la casa, salvo el del cuarto de baño, que era de baldosas.

El bebé se había dormido.

–Está en su casa –dijo ella–. Si le interesa quedarse en la zona, le ayudaré a hacer llamadas por la mañana.

–He pagado un cuantioso depósito. No me interesa irme a otro sitio.

–Le devolveré el dinero, por supuesto. Ya ha visto cómo está la cabaña: no se puede vivir en ella. Aunque los del seguro se den prisa, buscar a alguien que lo repare será difícil. No sé cuánto tiempo tardará en volver a ser habitable.

Leo pensó en el largo viaje desde Atlanta. Él no quería haber ido allí. Solo tenía que contarles a Luc, a Hattie y a su médico que las circunstancias habían conspirado contra él. Podría estar de vuelta en Atlanta al día siguiente por la noche.

Pero algo, tal vez la obstinación, lo llevó a preguntar:

–¿Qué pinta el señor Kemper en todo esto? ¿No debiera ser él quien se preocupara de la reparación de la cabaña?

Phoebe lo miró, perpleja.

–¿El señor Kemper? –de pronto, se echó a reír–. No estoy casada, señor Cavallo.

–¿Y el niño?

–¿No cree que una mujer soltera pueda criar a un niño sola?

–Creo que los niños deberían tener dos progenitores. Pero también que las mujeres pueden hacer lo que quieran. Sin embargo, no me imagino que una mujer como usted tenga que ser madre soltera.

–¿Una mujer como yo? ¿Qué significa eso? –preguntó ella con los ojos brillantes de furia.

–Es usted una preciosidad. ¿Es que los hombres de Tennessee están ciegos?

Ella frunció los labios.

–Creo que es la frase más manida que he oído en mi vida.

–Vive usted en mitad de la nada. El padre de su bebé no está a la vista. Me sorprende.

Phoebe lo miró durante unos segundos. Él soportó

14

el escrutinio con paciencia. De no haber sido por la tormenta del día anterior, Phoebe y él apenas habrían intercambiado algunas frases amables cuando ella le hubiera dado las llaves. En las semanas posteriores se hubieran visto ocasionalmente en el exterior, si el tiempo lo permitía, y se hubieran saludado con la mano.

Pero el destino había intervenido. Los antepasados italianos de Leo creían en el destino y en el amor. Puesto que a él le estaba prohibido trabajar temporalmente, se hallaba dispuesto a explorar la fascinación que sentía por Phoebe Kemper.

Ella dejó al bebé con cuidado en el centro de la cama y se apoyó en el enorme armario que había a su lado. Miró a Leo con recelo al tiempo que se mordía el labio inferior. Por último, suspiró.

—En primer lugar, no estamos en medio de la nada, aunque se lo haya parecido por tener que conducir hasta aquí en una noche tan desagradable. Gatlinburg está a menos de quince kilómetros. Pigeon Forge está aún más cerca. Le prometo que tenemos tiendas de alimentación, gasolineras y todas las instalaciones modernas normales. Me gusta vivir aquí, al pie de la montaña. Es muy tranquilo.

—La creo.

—Y Teddy es mi sobrino, no mi hijo.

—¿Por qué está aquí?

—Mi hermana y su marido están en Portugal para arreglar los detalles de la herencia del padre de él. Como el viaje sería duro para Teddy, me ofrecí a que se quedara conmigo hasta que volvieran.

—Le deben de gustar mucho los niños.

El rostro de Phoebe se ensombreció.

–Quiero mucho a mi sobrino –la sombra se desvaneció–. Pero estamos evitando el tema principal: no puedo alquilarle una cabaña en ruinas. Tiene que irse.

Él le sonrió con todo el encanto del que era capaz.

–Puede alquilarme esta habitación.

Phoebe tuvo que reconocer que Leo Cavallo era insistente. Sus ojos castaños inducían a error, ya que, aunque una mujer podría perderse en su calidez, ocultaban que su dueño era un hombre que conseguía lo que quería. No parecía haber estado enfermo. Su piel dorada y su nombre indicaban que poseía genes mediterráneos. Y en su caso, el material genético había producido un hombre guapo.

–Esto no es un *bed&breakfast*. Lo que alquilo no está ahora disponible. Ha tenido mala suerte.

–No tome decisiones precipitadas. Puedo serle útil a la hora de cambiar bombillas o de matar insectos.

–Para ser mujer, soy alta, y tengo un servicio mensual de control de plagas.

–Cuidar a un niño es mucho trabajo. Le vendrá bien algo de ayuda.

–No me parece que sea usted de esos hombres que cambian pañales.

–*Touché*.

Ella miró a Teddy, que dormía tranquilamente.

–Le propongo un trato –dijo mientras se preguntaba si había perdido el juicio–. Dígame el motivo real por el que quiere quedarse y me pensaré su propuesta.

Por primera vez, Phoebe observó una expresión de incomodidad en el rostro masculino. Leo era uno de esos hombres seguros de sí mismos que van por la vida como si fueran capitanes de barco y ante los que los demás bajan la cabeza. Pero la máscara se había movido ligeramente y había revelado un destello de vulnerabilidad.

–¿Qué le dijo mi cuñada al hacer la reserva?

–Que había estado enfermo. Pero, sinceramente, usted no parece haber estado a las puertas de la muerte.

–Menos mal.

Cada vez la intrigaba más aquel hombre.

–Ahora que caigo, tampoco es usted de esos hombres que se toman un descanso en la montaña por un motivo concreto, a no ser, desde luego, que sea artista o compositor. ¿Tal vez novelista?

–Necesitaba un descanso, eso es todo.

Algo en su voz la emocionó, una nota de desánimo o pesar. Y en ese momento, Phoebe captó la semejanza que había entre ellos. ¿Acaso ella no había ido a parar a aquellas tierras y construido las dos cabañas por ese mismo motivo? Su trabajo había dejado de ilusionarla y tenía el corazón destrozado por la muerte que había tenido lugar en su vida. La montaña le había ofrecido un modo de curar sus heridas.

–Muy bien, puede quedarse. Pero si me crispa los nervios, estaré en mi derecho de echarlo.

–Me parece justo –afirmó él sonriendo.

–Y le cobraré mil dólares más a la semana por prepararle la comida.

–Lo que usted diga. Gracias, señorita Phoebe. Le agradezco su hospitalidad.

El bebé se removió. Phoebe lo agarró y lo abrazó como si necesitara una barrera entre ella y Leo Cavallo.

17

–Entonces, buenas noches –dijo ella.

Su huésped asintió y miró al bebé.

–Que duerma bien. Si oye que me levanto por la noche, no se asuste. Últimamente tengo insomnio.

–Si quiere le preparo un vaso de leche caliente.

–No es necesario. Hasta mañana.

Leo la observó mientras salía de la habitación y sintió una punzada de remordimiento por haberla presionado para que le permitiera invadir su casa. En Atlanta, todos se habían comportado como si elevar el tono de voz o decir algo desagradable fuera a provocarle una recaída. Aunque Luc y Hattie trataban de ocultarlo, era evidente que estaban preocupados por él. Y aunque los quería mucho a los dos, Leo necesitaba espacio para asimilar lo sucedido.

Su primer impulso había sido volver a sumergirse en el trabajo. Pero el médico se había negado a darle el alta. La escapada a la montaña era un compromiso, algo a lo que él no hubiera accedido voluntariamente, pero, dadas las circunstancias, su única opción.

Al abandonar la autopista, Leo había llamado a su hermano para decirle que estaba cerca de su destino. Haría lo que fuera por su hermano menor, y sabía que él le correspondía. Estaban muy unidos, ya que habían vivido sus años de adolescencia y los primeros de la edad adulta en el extranjero, bajo el poder autocrático de su abuelo italiano.

De pronto, se sintió agotado. El equipo médico y su familia habían insistido en que, para lograr una completa recuperación, tenía que dejar de trabajar y de estar estresado. Era una lástima que tuviera que dormir solo en aquella inmensa cama rústica. Fue un extraño consuelo que su cuerpo reaccionara de forma predecible al pensar en Phoebe. Aunque los médicos le habían prohibido hacer ejercicio y la actividad sexual, lo segundo era discutible.

Mientra trataba de no prestar atención a la excitación que sentía, sacó de la maleta lo necesario para afeitarse y se encaminó a la ducha.

Para alivio de Phoebe, el bebé no se movió al ponerlo en la cuna. Lo miró durante unos segundos pensando que su hermana lo echaría de menos terriblemente, pero Phoebe, de forma egoísta, deseaba tener a alguien con ella en Navidad.

Se le encogió el estómago al pensar que, probablemente, Leo también estaría allí. Pero no, se iría a su casa y volvería después para acabar su estancia en enero.

Al recibir la solicitud de reserva había buscado en Internet información sobre Leo y su familia. Supo que estaba soltero, que era rico y consejero delegado de una empresa textil que su abuelo había fundado en Italia; que apoyaba diversas ONG no solo con dinero, sino con trabajo voluntario. No necesitaba trabajar, ya que su familia tenía más dinero del que uno pudiera gastarse en toda una vida. Pero ella entendía bien a los hombres como Leo. Les encantaban los retos, enfrentarse a competidores tanto en los negocios como en la vida.

Haber alojado a Leo en su casa no suponía riesgo físico alguno. Era un caballero. Lo único que le había dado que pensar era que su instinto le decía que necesitaba ayuda, y ella no estaba para aceptar más responsabilidades. Además, de no haber sido por la tormenta, él se hubiera pasado dos meses solo.

Mientras se preparaba para acostarse no dejó de pensar en él. Y al meterse en la cama y cerrar los ojos, la imagen de su rostro la acompañó toda la noche.

Capítulo Tres

Leo se despertó cuando la luz del sol que se colaba por entre las cortinas le dio en el rostro. Se sintió agradablemente sorprendido al ver que había dormido toda la noche.

La mayor parte de sus cosas seguía en el coche, así que se puso unos vaqueros y un jersey de cachemira, una prenda Cavallo, por supuesto. Estaba deseando salir al exterior y ver el paisaje a la luz del día.

Anduvo de puntillas por el pasillo, por si acaso el bebé dormía, pero se detuvo sin darse cuenta ante la puerta de la habitación de Phoebe, que estaba entreabierta. Por la rendija vio un bulto bajo las sábanas.

Se dirigió a la cocina y buscó la cafetera. Phoebe era una mujer a la que le gustaba el orden, por lo que no tuvo problemas para encontrar lo que necesitaba. Cuando se hubo servido una taza de café solo, agarró un plátano de la encimera y se acercó a la ventana del salón.

Una de las cosas que debía hacer era desayunar por las mañanas. Normalmente no tenía tiempo ni ganas. Estaba en el gimnasio a las seis y media y en su despacho antes de las ocho, de donde salía a las siete de la tarde, como muy pronto.

Nunca había reflexionado sobre su horario laboral; le iba bien y le posibilitaba terminar su trabajo. Se sentía frustrado por haber tenido que parar. Solo tenía treinta y seis años. ¿Debía tirar ya la toalla?

Descorrió las cortinas y observó un paisaje que brillaba como un diamante al sol. Todo estaba cubierto de hielo. El estrecho valle parecía un país de las maravillas helado.

Sus ganas de explorarlo tendrían que esperar, ya que se arriesgaba a caerse al dar el primer paso. «Paciencia, Leo, paciencia», le había recomendado su médico. Pero él no estaba seguro de poder tenerla. Ya se sentía nervioso ante la falta de un proyecto que emprender o un problema que resolver.

—Se ha levantado temprano.

La voz de Phoebe le sobresaltó tanto que se giró muy deprisa y se derramó el café en la mano derecha.

—¡Maldita sea! —exclamó mientras se dirigía al fregadero y ponía la mano bajo el agua fría.

—Lo siento. Creí que me había oído.

Phoebe llevaba puesto un pijama de punto que se le ajustaba al cuerpo haciendo que resaltasen sus firmes senos, sus redondas nalgas y sus largas piernas. Leo vio que llevaba la larga trenza medio deshecha y que tenía ojeras.

—¿Le ha dado el bebé una mala noche?

Ella negó con la cabeza y bostezó mientras levantaba un brazo para agarrar una taza del armario. Al hacerlo, la chaqueta del pijama se le levantó y dejó al descubierto unos centímetros de piel dorada. Él apartó la vista para no sentirse un mirón.

Después de servirse café, Phoebe se sentó y se echó un chaquetón sobre el regazo.

—No ha sido el niño, sino yo. No he podido dormir

pensando en la pesadilla que va a suponer reconstruir la cabaña, sobre todo a la hora de buscar a los distintos trabajadores.

—Puedo echarle una mano.

Ella, cabizbaja, suspiró.

—No puedo pedirle eso. Es mi problema y, además, está usted de vacaciones.

—No exactamente. Yo diría que estoy de descanso involuntario.

—¿Ha sido Leo un niño travieso? —preguntó ella sonriendo.

Él sintió calor en la entrepierna y se sonrojó. Tenía que controlar la necesidad constante de besarla.

—No, travieso no, más bien, trabajo demasiado y juego poco. ¿Te parece que nos tuteemos?

Ella hizo un mohín.

—Supongo que eres un ejecutivo quemado.

—Podría decirse así —aunque no era la historia completa—. Cumplo condena en el bosque para descubrir los errores de mi forma de comportarme.

—¿Y quién te ha convencido de que vengas aquí? No pareces alguien que deje que los demás le den órdenes.

Él volvió a llenarse la taza y se sentó frente a ella.

—Es verdad, pero mi hermano menor, que es uno de los miembros de un matrimonio asquerosamente feliz, cree que necesito un descanso.

—¿Y le has hecho caso?

—Contra mi voluntad.

Ella le examinó el rostro como si quisiera cribar sus verdades a medias.

—¿Qué piensas hacer estos dos meses?

–Ya veré. Me he traído una colección de novela negra, los crucigramas de un año del *New York Times* en el iPad y una cámara digital aún sin estrenar.

–Impresionante.

–Pero reconocerás que puedo entrevistar a posibles trabajadores.

–¿Por qué quieres hacerlo?

–Me gusta estar ocupado.

–¿Pero no estás aquí precisamente para no estar ocupado? No me gustaría que te pasara algo la primera semana.

–Hazme caso, Phoebe. Coordinar horarios y trabajadores podría hacerlo con los ojos cerrados. Y puesto que no se trata de mi casa, no sufriré estrés.

Ella frunció el ceño, aún no convencida.

–Si no fuera por el bebé, ni siquiera me lo plantearía.

–Lo entiendo.

–Y si te cansas de hacerlo, dímelo.

–Te lo prometo.

Ella suspiró.

–En ese caso, ¿cómo voy a negarme?

Leo experimentó una oleada de júbilo ante el consentimiento de Phoebe. Solo entonces se percató de hasta qué punto temía la larga serie de días de asueto. Con la reparación de la casa en que centrarse cada mañana, tal vez aquel exilio de rehabilitación no estuviera tan mal.

Se preguntó qué pensaría su hermano al respecto. Estaba seguro de que Luc se lo imaginaba en bata, sentado frente a la chimenea y leyendo una novela policiaca, lo cual estaba bien para un rato.

La falta de actividad obligada a causa de su reciente enfermedad ya había alargado excesivamente los días y las noches. El médico le había prohibido su rutina de ejercicios habitual, por lo que sin un gimnasio cerca, tendría que ingeniárselas para mantenerse activo y en forma, sobre todo teniendo en cuenta que era invierno.

De pronto se oyó el llanto del bebé. Phoebe se puso en pie de un salto y estuvo a punto de derramar el café. Dejó la taza en el fregadero y salió corriendo. Al poco volvió con Teddy a la cadera. El niño estaba colorado de llorar.

—El pobre se habrá asustado al no ver a sus padres como todas las mañanas al despertarse.

—Pero te conoce, ¿verdad?

—Sí, pero me preocupo continuamente por él. Nunca he cuidado de un niño, y me asusta bastante.

—Pues yo diría que estás haciendo un trabajo excelente. Parece sano y feliz.

Ella hizo una mueca.

—Espero que estés en lo cierto. ¿Te importa darle el biberón mientras me ducho y me visto?

Leo comenzó a retroceder hasta que se dio cuenta y se detuvo.

—No creo que eso le guste ni a él ni a mí. Soy muy grande y asusto a los niños.

Phoebe lo miró con ojos centelleantes.

—Eso es absurdo. ¿No eras tú el que anoche se ofreció a ayudarme con el bebé a cambio de dejar que te alojaras aquí?

—Me refería más bien a tirar pañales sucios a la basura o a escuchar el intercomunicador para avisarte de que se ha despertado. Tengo las manos muy grandes y torpes.

–¿Nunca has estado con un bebé?

–Mi hermano tiene dos hijos pequeños, un niño y una niña. Los veo varias veces al mes, pero me limito a besarlos y a admirar lo mucho que han crecido. Algunas veces columpio a uno en la rodilla, pero no es habitual. No a todo el mundo se le dan bien los bebés.

Phoebe le puso a Teddy en el pecho.

–Pues vas a tener que aprender, porque tenemos un trato.

Leo abrazó al niño de forma refleja.

–Creí que coordinar los trabajos de reparación me libraría de ocuparme de Teddy.

–Pues no –dijo ella cruzándose de brazos–. Un trato es un trato. ¿O quieres que lo pongamos por escrito?

Leo tuvo que aceptar la derrota.

–Levantaría los brazos en señal de rendición si pudiera –dijo sonriendo–. Pero creo que a tu sobrino no le gustaría.

Phoebe preparó rápidamente el biberón y lo llevó al sofá en el que Leo se había sentado con Teddy.

–Le gusta tomarlo sentado. Hazlo eructar cuando se haya tomado la mitad.

–Sí, señora.

–No te burles de mí –le advirtió ella con los brazos en jarras.

Él adoptó una actitud contrita al tiempo que intentaba no mirarle los pezones, que estaban a la altura de sus ojos. Carraspeó.

–Ve a ducharte. Lo tengo todo controlado.

—Grita si me necesitas.

Mientras ella se iba, Leo acomodó al bebé en su brazo izquierdo para darle el biberón con la mano derecha. Se recostó en el sofá. Teddy parecía contento de estar con un desconocido. Pero no le gustó que Leo le retirara el biberón durante unos segundos para hacerlo eructar. Después se tomó el resto de su desayuno. Cuando hubo acabado, Leo agarró un mordedor de la mesita de al lado, sobre el que el niño se lanzó con rapidez.

Leo lo miró y sonrió al ver que Teddy le devolvía la mirada con sus grandes ojos azules.

—Tu tía Phoebe es una hermosa mujer, pequeño. No me causes problemas con ella y nos llevaremos bien.

Como le había dicho a Phoebe, Leo tenía cierta experiencia con niños. Luc y Hattie habían adoptado a la sobrina de Hattie al casarse, un año antes. La pequeña tenía casi dos años. Y hacía unos meses que Hattie había dado a luz al primer Cavallo de la nueva generación: un niño de pelo y ojos oscuros.

A Leo le gustaban los niños, ya que eran la promesa de que el mundo seguiría girando, pero no tenía deseos de ser padre. Su forma de vida era complicada. Un hijo necesitaba el amor y la atención de sus padres. El hijo de Leo era el imperio Cavallo.

Era consciente de que, para algunos, era una persona dura y sin sentimientos. Pero dirigía la empresa sabiendo cuántos empleados dependían de la familia Cavallo para vivir. Le irritaba que otro estuviera ocupando su puesto en aquellos momentos: el vicepresidente, elegido por Luc, que era un hombre competente.

Miró el reloj. ¡Por Dios! ¡Solo eran las diez y media

de la mañana! ¿Cómo iba a sobrevivir relegado de esa manera durante dos meses? ¿Acaso quería convertirse en el hombre que su familia deseaba: relajado y equilibrado?

No deseaba cambiar. Quería irse a casa. Al menos lo había deseado hasta que había conocido a Phoebe. Ya no estaba seguro de lo que quería.

Si conseguía entablar una relación íntima con ella, su huida de la realidad tendría posibilidades de éxito. Leo había percibido que había química entre ellos, y rara vez se equivocaba a ese respecto. Cuando un hombre era rico, poderoso y guapo, las mujeres se lanzaban sobre él como si fueran mosquitos.

En Italia, Luc y él, cuando eran jóvenes, habían sido unos conquistadores hasta que se dieron cuenta del vacío que suponía que te desearan por razones superficiales. Luc había encontrado su alma gemela en la universidad, aunque habían tardado diez años en casarse.

Leo nunca había conocido a una mujer que le quisiera por sí mismo, sino por su dinero y poder. Y las mujeres de verdad se apartaban de los hombres como Leo por temor a que les partiera el corazón.

No sabía a qué categoría pertenecía Phoebe Kemper, pero estaba dispuesto a averiguarlo.

Capítulo Cuatro

Phoebe se duchó y vistió sin prisas. Quería saber si Leo cumpliría el trato. Haberlo dejado al cuidado de Teddy no era peligroso, ya que, a pesar de sus protestas, era un hombre que sabía enfrentarse a situaciones difíciles.

Envidiaba su seguridad en sí mismo. La suya se había tambaleado tres años antes, y no estaba segura de haberla recuperado. Su mundo se había venido abajo, y solo en los últimos meses había comenzado a entender quién era y qué quería.

En otro tiempo, un hombre como Leo le habría supuesto un reto. Inteligente y segura de sí misma, vivía sin darse cuenta de que ella, al igual que todos los seres humanos, estaba sujeta a los caprichos del destino. Su perfecta vida se había desintegrado en mil pedazos.

Las cosas no volverían a ser como antes, pero ¿podían ser igual de buenas de forma diferente?

Puso más cuidado de lo normal a la hora de vestirse. En vez de vaqueros, eligió unos pantalones de pana de color crema y un jersey rojo. Se dejó el cabello suelto. La trenza le resultaba útil a la hora de atender a Teddy. Sin embargo, ese día quería estar guapa para su huésped.

Cuando volvió al salón, Teddy estaba dormido sobre el pecho de Leo y este tenía los ojos cerrados. Phoebe se detuvo en la puerta a contemplar el cuadro: el hombre grande y fuerte y el bebé pequeño e indefenso.

Sintió una opresión en el pecho y se lo frotó pensando si sufriría siempre por lo que había perdido. Recluirse los últimos años como una monja le había dado paz, pero esa paz era una ilusión, ya que consistía en no vivir.

Vivir hacía sufrir. Para volver a pertenecer a la raza humana, Phoebe tendría que aceptar ser vulnerable, idea que la aterrorizaba. La otra cara de la moneda del amor y la alegría era un terrible dolor, y no estaba segura de que los primeros merecieran correr el riesgo de padecer el segundo.

Se acercó al sofá y tocó a Leo en el brazo. Él abrió los ojos inmediatamente y ella le tendió los brazos para que le diera al bebé, pero Leo negó con la cabeza.

—Enséñame adónde hay que llevarlo. No vayamos a despertarlo —susurró.

Ella lo condujo cruzando su habitación y el cuarto de baño a otra mucho más pequeña. Antes de la llegada de Teddy, era un trastero, pero había despejado la mitad para poner la cuna, una mecedora y una mesa para cambiarlo.

Leo dejó al niño en la cuna. Este se metió inmediatamente el pulgar en la boca y se puso de lado. Los dos adultos sonrieron y salieron de puntillas de la habitación.

—Descansa. Haz lo que te quieras. Hay mucha leña, si te apetece hacer fuego —dijo ella, de vuelta al salón.

—Ya te he dicho que no estoy enfermo —contestó él en tono cortante.

Ella se estremeció, pero mantuvo la compostura.

Algo grave le había pasado a Leo. La mayoría de los hombres eran malos pacientes porque su salud y vigor iban unidos a su autoestima. Era evidente que Leo estaba allí porque necesitaba descanso y tranquilidad, y no quería que ella hiciera comentarios sobre su situación. Muy bien. Pero no dejaría de vigilarlo.

En el pasado, ella se había relacionado con muchos hombres como Leo, que vivían para trabajar, incluso si estaban casados.

Por desgracia, ella poseía características de ese tipo; o más bien, las había poseído. La subida de adrenalina al sacar adelante un negocio imposible era adictiva. Cuanto más éxito tenías, más deseabas volverlo a intentar. Estar con Leo sería difícil porque, al igual que un exalcohólico que evita a otros bebedores, corría el riesgo de que la vida de él y sus problemas laborales la absorbieran, cosa que no debía consentir bajo ninguna circunstancia. El mundo era grande y hermoso. Tenía dinero suficiente para vivir austeramente mucho tiempo.

Leo se acercó a la chimenea y comenzó a preparar el fuego. Phoebe se puso a preparar la comida. Por fin, rompió el incómodo silencio.

—Hay una chica que me hace de canguro cuando tengo que salir. Se me ha ocurrido que venga hoy, si está libre, para que nosotros podamos hacer una valoración inicial de los daños en la otra cabaña.

—Hablas como una mujer de negocios.

—Trabajé en una gran empresa. Estoy acostumbrada a enfrentarme a tareas difíciles.

Él encendió el fuego y volvió a colocar la pantalla mientras se frotaba las manos para quitarse el hollín.

—¿Dónde trabajabas?

Phoebe se reprochó haber sacado a colación un tema del que no quería hablar.

—Era corredora de bolsa de una empresa de Charlotte, en Carolina del Norte.

—¿Quebró la empresa y por eso estás aquí?

—No, ha sobrevivido a la crisis y se está expandiendo.

—Eso no contesta a mi pregunta.

—Puede que cuando nos conozcamos algo más te cuente los detalles escabrosos. Hoy, no.

Leo entendía su renuencia. No a todo el mundo le gustaba hablar de sus fracasos. Y aunque fuera irracional, su infarto le parecía un fracaso. No tenía sobrepeso ni fumaba. Tenía pocos vicios; tal vez solo uno: su personalidad era del tipo A. Y esa clase de personas vivían tan estresadas todo el tiempo que el estrés se convertía en una segunda naturaleza para ellas. Según su médico, ni hacer mucho ejercicio ni comer de forma equilibrada compensaba la incapacidad de relajarse.

Fue a la cocina a reunirse con su anfitriona.

—Qué bien huele.

Phoebe ajustó la temperatura del horno y se volvió hacia él.

—No te he preguntado si sigues algún tipo de dieta o si eres alérgico a algún alimento.

Él frunció el ceño.

—No es mi intención que me prepares la comida todo el tiempo que esté aquí. Me has dicho que estamos cerca de la civilización. ¿Por qué no salimos a comer o a cenar?

Ella le lanzó una mirada compasiva.

–Se nota que nunca has intentado comer en un restaurante con un bebé. No creo que te gustara.

–Sé que los niños chillan y lo ensucian todo –le respondió él. Había comido fuera un par de veces con Luc, Hattie y sus hijos–. Bueno, dejémoslo entonces, pero al menos podríamos tomarnos una pizza una vez a la semana.

–Sería estupendo –afirmó ella con una dulce sonrisa–. Gracias, Leo.

Su expresión de genuino placer hizo que él deseara hacer toda clase de cosas por ella y hacérselas a ella. La atracción tal vez fuera inevitable. Eran dos adultos que iban a vivir juntos durante ocho o nueve semanas. Era forzoso que fuesen conscientes el uno del otro en el plano sexual.

Carraspeó al tiempo que se metía las manos en los bolsillos.

–¿Tienes un novio que no quiera que me aloje aquí?

–No, estás a salvo –le sonrió–. Aunque tal vez hubiera tenido que decirte que lo tengo, para que no empieces a pensar cosas raras.

–¿Qué cosas? –preguntó él con aire inocente. Bromas aparte, le preocupaba un poco tener sexo de nuevo desde… Le costaba incluso decírselo a sí mismo: el infarto.

El médico le había dicho que no podía tenerlo sin restricciones, pero el médico no había visto a Phoebe Kemper con aquel jersey rojo.

–Ve a deshacer el equipaje –le dijo ella empujándolo–. O a leer uno de tus libros. La comida estará lista dentro de una hora.

***

A Leo le gustó la comida de Phoebe. Si pudiera comer así siempre, no se saltaría comidas ni compraría comida rápida para llevar a las nueve de la noche.

Justo habían acabado de comer cuando llegó Allison, la canguro. Según Phoebe, era una estudiante universitaria que vivía con sus padres y deseaba ganarse un dinero. Además, adoraba a Teddy.

Como la temperatura había subido y el hielo se había deshecho, Leo fue a por la maleta grande al coche, la llevó a su habitación y sacó la ropa de invierno. Cuando volvió al salón, Allison jugaba con el bebé y Phoebe se estaba poniendo un chaquetón de piel de oveja. Incluso así estaba atractiva.

Ella se metió un bolígrafo y un bloc de notas en el bolsillo.

—No dejes de decirme todo lo que veas que haya que reparar. La construcción no es mi fuerte.

Salieron juntos. La tarde invernal los envolvió. El cielo estaba despejado y el aire era muy frío. Continuamente se oían gotas cayendo debido al deshielo. Estaban rodeados de árboles por todas partes.

—¿Encargaste la construcción de las dos cabañas al trasladarte aquí? —preguntó Leo mientras se dirigían hacia la otra.

—Mi abuela me dejo el terreno cuando murió, hace doce años. Yo acababa de empezar a estudiar en la universidad. Lo conservé durante años por motivos sentimentales, y mucho después…

—¿Qué?

Ella lo miró. Unas gafas de sol le ocultaban los ojos. Se encogió de hombros.

—Decidí vivir en el bosque.

No añadió nada más, así que él no insistió. Tenían tiempo de sobra para intercambiar confidencias. Además, él tampoco estaba deseando divulgar sus secretos.

A la luz del día, Leo observó que los daños sufridos en la cabaña eran mayores de lo que había imaginado.

—Deja que vaya yo primero —le dijo a Phoebe—. No sabemos si hay peligro de que todavía se derrumbe algo.

Abrieron con dificultad la puerta principal. El árbol que había caído sobre el edificio era un enorme roble. La casa había cedido hasta tal punto que el suelo estaba lleno de escombros.

Ella se quitó las gafas y miró el hueco donde había estado el tejado.

—No queda mucho —la voz le tembló al final—. Me alegro de que no fuera mi cabaña.

—Yo también.

Phoebe o Teddy, o los dos, podían haber muerto o quedar malheridos. Y no hubiera habido nadie en las proximidades para ayudarlos. Vivir aislado proporcionaba mucha tranquilidad, pero Leo no estaba seguro de aprobar que una mujer indefensa viviera allí.

Tomó a Phoebe de la mano y fueron pisando escombros hacia la parte trasera de la casa. Uno de los dormitorios no había resultado dañado. Había que sacar de allí todo lo que se pudiera salvar, ya que la humedad y los animales acabarían por destruirlo.

La expresión de Phoebe era impenetrable. Por fin, suspiró.

–Lo mejor será traer una excavadora y construirla de nuevo –afirmó con tristeza–. Mis amigos me aconsejaron que, como era para alquilarla, la decorara con muebles baratos que no sería difícil sustituir en caso de robo o deterioro. Tendría que haberles hecho caso.

–¿Está asegurada?

–Sí. No recuerdo todos los detalles de la póliza, pero mi agente es amigo de mi hermana, así que supongo que me haría una que me dejara bien cubierta.

Su desánimo era casi palpable.

Leo trató de animarla, aunque sabía que Phoebe no tenía motivo alguno para apoyarse en él.

–Necesito hacer algo mientras estoy aquí para no volverme loco. Tú tienes un bebé del que ocuparte. Déjame que me encargue de solucionar este lío, Phoebe. Me harías un favor.

Capítulo Cinco

Phoebe se sintió tentada. Leo estaba frente a ella con las piernas separadas y un aire de no estar dispuesto a aceptar una negativa por respuesta. ¿Cómo un hombre tan guapo, viril y fuerte había llegado hasta aquel rincón escondido?

¿Qué buscaba? Tenía el físico de un gorila y el aspecto de un playboy rico. ¿Había estado enfermo de verdad? ¿No cometería ella un grave error si le cargaba con aquella tarea?

–Eso es ridículo –arguyó con voz débil–. Me estaría aprovechando de ti. Pero te confieso que tu ofrecimiento me resulta enormemente atractivo. Infravaloré lo que suponía cuidar a un bebé a tiempo completo. Quiero a Teddy, y no es un crío difícil, pero la idea de tener que añadirle todo esto… Me asusta.

–Entonces, deja que te ayude.

–No espero que vayas a hacer tú el trabajo.

Él se quitó las gafas que llevaba puestas y rio, lo cual añadió atractivo a sus rasgos.

–Sé que los hombres tienden a abarcar más de lo que pueden, pero esta cabaña, o lo que queda de ella, entra dentro de la categoría de catástrofe, y eso es mejor dejárselo a los expertos.

Ella examinó la cama.

–Esta iba a ser tu habitación. Sé que hubieras estado cómodo. Lo lamento, Leo. Me siento fatal porque no hayas ganado con el cambio.

Él le puso la mano en el brazo unos segundos.

–Estoy muy contento donde estoy: una mujer preciosa y una cabaña cómoda. Creo que me ha tocado el gordo.

–Estás flirteando conmigo.

La mirada de él era intensa y sexy. Era indudable que ella lo interesaba.

Ella se quitó el chaquetón porque, de pronto, tuvo calor. Se apoyó en el quicio de la puerta.

–Y no creo que te haya tocado el gordo. Soy más bien un cardo borriquero. Mi hermana dice que, al vivir aquí sola, me he vuelto muy huraña –y probablemente era verdad. Había días en que se sentía como una ermitaña.

Leo dio una patada a un trozo de espejo para apartarlo.

–Me arriesgaré. No tengo adonde ir y nadie a quien ver, como decía mi abuelo. Teddy y tú habéis iluminado considerablemente la perspectiva de mi largo exilio.

–¿Vas a decirme de una vez por qué estás aquí?

–No es una historia muy interesante, pero tal vez… Cuando llegue el momento.

–¿Y cómo lo sabrás?

–No seas pesada –bufó él.

–Te he dicho que soy un cardo.

Él la tomó del brazo para dirigirse a la puerta principal.

–Pues finge que no lo eres –masculló–. ¿Podrás hacerlo?

El altercado se vio interrumpido por la llegada del

agente de seguros, que pasó la hora siguiente haciendo fotos y preguntas. Los dos hombres pronto se dedicaron a inspeccionar cada rincón de la casa.

Phoebe volvió a la suya, ya que era la hora de que Allison se fuera. Teddy la saludó con un grito y una sonrisa, y ella se sintió feliz al ver que la reconocía y que se alegraba de verla.

Teniendo en cuenta lo que le había sucedido a Phoebe, su hermana y su cuñado habían tardado en decidirse a dejarle a Teddy. Pero al final, Phoebe los había convencido, aunque se temía que se arrepentirían de haberlo dejado con ella y de que lo echarían mucho de menos mientras ultimaban los detalles de la herencia del padre de él.

Cuando Allison se hubo marchado, Phoebe tomó en brazos al bebé y miró por la ventana. Leo y el agente de seguros seguían evaluando los daños. Ella le frotó la espalda a Teddy.

—Creo que Papá Noel nos ha enviado nuestro regalo antes de tiempo, pequeñín. Leo es un regalo del cielo. Ahora lo único que tengo que hacer es no prestar atención a que sea el hombre más atractivo que he visto en mucho tiempo, a que me cuesta respirar cuando me acerco al él, y todo irá bien.

Teddy siguió chupándose el pulgar mientras se le cerraban los ojos.

—No me sirves de mucha ayuda —se quejó ella al tiempo que se preguntaba cómo sería tener un hijo con Leo Cavallo y si sería un buen padre.

En ese momento, este entró.

—Ya estoy en casa, cariño —dijo con un sentido del humor que le hizo parecer más joven.

Phoebe le sonrió.

–Quítate las botas, cariño.

Iba a tener que practicar cómo mantenerlo a distancia. Leo tenía la peligrosa habilidad de parecer inofensivo, lo cual era mentira. A pesar de las pocas horas que hacía que se habían conocido, ella había sentido su atractivo sexual.

Había hombres que desprendían testosterona. Leo era uno de ellos.

No se trataba solo de su tamaño, aunque era como un oso, sino de la masculinidad que emanaba de él y que hacía que Phoebe fuera más consciente de sus necesidades carnales. Quiso atribuirlo a que estuvieran solos en el bosque, pero, en realidad, habría reaccionado del mismo modo si se hubieran conocido en la ópera o en la cubierta de un yate.

Leo era de esos machos que atrapan a las hembras en su tela de araña sin siquiera darse cuenta. Phoebe había creído que era inmune a esos estúpidos impulsos provocados por las feromonas, pero con Leo en su casa, no tuvo más remedio que reconocer la verdad: necesitaba sexo, lo deseaba. Y había encontrado al hombre que podía satisfacer todos sus caprichos.

Leo se quitó el abrigo y sacó un papel del bolsillo.

–Toma, échale un vistazo mientras yo sostengo al niño.

Antes de que ella pudiera protestar, tomó en brazos a Teddy lo elevó hacia el techo. El niño gritó de placer. Phoebe se sentó en una silla de la cocina y examinó la lista que Leo le había entregado.

–¡Uf! Según esto, tenía yo razón sobre lo de la excavadora.

–No. Sé que la cosa no pinta bien, pero sería peor construir una cabaña nueva. Tu agente cree que el seguro te dará una generosa cantidad. Lo único que tienes que aportar tú es un montón de paciencia.

–Pues eso puede ser un problema, ya que no es mi fuerte.

–Haré lo posible por simplificarte las cosas, a no ser que quieras que se te consulte hasta el mínimo detalle.

–¡No, por Dios! –exclamó ella estremeciéndose–. Si eres lo bastante tonto para ofrecerme la posibilidad de que me reparen la cabaña sin que tenga que mover un dedo, no voy a dedicarme a buscar defectos.

Teddy se quedó medio dormido mientras Leo lo abrazaba. ¿Qué era lo que hacía que el corazón de una mujer se derritiera al ver a un hombre grande y fuerte abrazando a un bebé? Al contemplar a Teddy y Leo, Phoebe no pudo evitar sentir añoranza. Lo quería todo: al hombre y al bebé. ¿Era demasiado pedir?

–¿Quieres que lo acueste? –le preguntó él.

–Sí, parece que tiene sueño.

–¿Cuánto hace que lo tienes?

–Dos semanas. Ya hemos establecido una rutina.

–Hasta que he venido a alterarla.

–Si estás buscando que te diga un cumplido, puedes esperar sentado. Ya te has ganado tu manutención, y eso que no han pasado ni veinticuatro horas.

–Entonces, piensa en lo mucho que me querrás cuando me conozcas –apuntó él sonriendo.

Ella sintió que le temblaban las rodillas, y eso que no estaba de pie.

–Ve a acostarlo, y compórtate.

Leo besó al niño en la cabeza y le sonrió.

—Es dura de pelar, pequeño, pero lo conseguiré.

Cuando él se hubo marchado, Phoebe soltó el aire que había estado reteniendo sin darse cuenta. Se levantó para correr las cortinas de todas las ventanas. Se hacía de noche temprano en la montaña. Pronto sería la noche más larga del año.

Detestaba el invierno, no solo por la nieve, el hielo y los días fríos y grises, sino por la soledad. Había sido en Navidad cuando lo había perdido todo. Cada aniversario se lo recordaba. Pero incluso antes de la llegada de Leo, había decidido que ese año las cosas mejorasen. Tenía un bebé con ella. Y además, un huésped.

Leo volvió con su ordenador portátil. Se sentó en el sofá.

—¿Te importa darme tu contraseña de Internet?

—No tengo Internet —dijo ella, sin saber cómo suavizar el golpe.

Él la miró con una mezcla de desconcierto y horror.

—¿Por qué?

—Porque he decidido que puedo vivir sin conexión.

Él se mesó el cabello. Estaba agitado.

—Estamos en el siglo XXI —afirmó mientras intentaba mantener la calma—. Todo el mundo tiene Internet. ¿Me estás tomando el pelo?

Ella alzó la barbilla negándose a que la juzgara por una decisión que le había parecido necesaria en su momento.

—No. Me he limitado a tomar una decisión.

—Mi cuñada no me hubiera alquilado una casa que no tuviera todo tipo de servicios.

—Tienes toda la razón. La otra cabaña tenía conexión a Internet, pero, ya has visto cómo ha quedado todo.

Vio cómo se evaporaba el buen humor de Leo al asimilar lo que le acababa de decir. De pronto, él se sacó el móvil del bolsillo.

–Al menos puedo consultar el correo electrónico con esto –afirmó con una nota de pánico en la voz.

–Estamos en una garganta estrecha. Solo hay una compañía telefónica que tiene cobertura y…

–Y no es la tuya –Leo miró la pantalla y suspiró–. Es increíble. Creo que no voy a poder quedarme en un sitio que está desconectado del mundo.

A Phoebe se le cayó el alma a los pies. Esperaba que Leo apreciara la sencillez de su forma de vida.

–¿Tan importante es? Tengo un teléfono fijo que puedes usar. También mi móvil, si quieres, y tengo televisión por satélite.

Si él no era capaz de entender y aceptar las opciones por las que se había inclinado, sería una estupidez tratar de profundizar en su mutua atracción, ya que ella acabaría sufriendo.

–Lo siento –se disculpó él–. Me ha pillado por sorpresa. Estoy habituado a acceder a mi correo electrónico las veinticuatro horas del día.

Ella se sacó el móvil del bolsillo y cruzó la habitación para entregárselo.

–Usa el mío de momento. No hay problema.

Sus dedos se rozaron. Leo vaciló durante unos segundos, pero acabo por agarrarlo.

–Gracias.

Ella fue a la cocina para proporcionarle cierta intimidad y buscó en la nevera algo para preparar la cena.

Con Leo allí, tendría que cambiar sus hábitos de compra. Por suerte, había pollo y hortalizas para hacer un salteado.

Unos veinte minutos después, Leo soltó una maldición. Ella se volvió y contempló su expresión de furia e incredulidad.

–No puedo creerme que me hayan hecho esto.

Phoebe se secó las manos con un paño de cocina.

–¿Qué pasa, Leo? ¿De qué hablas?

Él se levantó y se frotó los ojos.

–Mi hermano, mi taimado hermano. Lo mataré. Le envenenaré el café. Le daré una paliza. Reduciré a polvo su esqueleto…

Phoebe se sintió obligada a intervenir.

–¿No me has dicho que tiene esposa y dos hijos? No creo que quieras matar a tu hermano. ¿Qué cosa terrible te ha hecho?

Leo se dejó caer en el sillón con los brazos colgando. Su postura indicaba que se sentía derrotado.

–Me impide acceder al correo electrónico del trabajo. Ha cambiado todas las contraseñas porque no se fiaba de que no lo fuera a consultar.

–Pues parece que te conoce muy bien. Ya que, ¿no era exactamente eso lo que ibas a hacer?

Leo la fulminó con la mirada.

–¿De parte de quién estás? Ni siquiera conoces a mi hermano.

–Cuando antes me hablaste de él, de tu cuñada y de sus hijos, había afecto en tu voz, y eso me indica que él también debe quererte. Por eso, seguro que tiene un buen motivo para hacer lo que ha hecho.

Se produjo un silencio en la habitación. Solo se oía

el tictac del reloj de la repisa de la chimenea. Leo la miró con tanta intensidad que a ella se le erizó el cabello de la nuca. Estaba verdaderamente enfadado. Y como su hermano no estaba allí, lo pagaría con ella.

Phoebe se atrevió a sentarse frente a él.

—¿Por qué quiere impedirte trabajar, Leo? ¿Por qué te han mandado aquí? No estás prisionero. Si estar conmigo en esta cabaña es tan terrible, haznos un favor a los dos y vete a casa.

Capítulo Seis

Leo estaba avergonzado de su comportamiento. Había actuado como un niño malcriado. Pero aquella situación lo había desequilibrado. Estaba acostumbrado a controlarlo todo, ya fuera el imperio Cavallo o su propia vida. No era que no se fiase de Luc. Confiaba totalmente en él. Y en su fuero interno sabía que el negocio no se resentiría en su ausencia.

Tal vez fuese eso lo que más le molestaba. Si la empresa que había levantado podía funcionar sin él, ¿para qué servía Leo? Se alimentaba de sus éxitos en los negocios. Cada vez que compraba otra empresa o aumentaban los beneficios, experimentaba una subida de adrenalina que se había transformado en adictiva.

Al cumplir los treinta ya había ganado más dinero para la empresa y para sí mismo que la mayoría de la gente en toda su vida. Las finanzas se le daban de maravilla. Hasta su abuelo lo había alabado por su genialidad. Teniendo en cuenta que conseguir que el anciano elogiara a alguien era más difícil que ver un unicornio, Leo tenía motivos para sentirse orgulloso.

Pero sin Cavallo, sin su despacho con los últimos adelantos tecnológicos, sin los problemas diarios y las decisiones que había que tomar en una fracción de segundo, ¿quién era él? Solo un hombre que no tenía adonde ir ni nada que hacer.

Phoebe preparó la cena mientras aguzaba el oído por si Teddy lloraba y miraba por la ventana por si Leo volvía. Su coche seguía aparcado frente a la casa, por lo que tenía que haberse ido andando. El día era agradable, pero era posible perderse en la montaña. Sucedía continuamente.

Al cabo de un rato, Leo regresó. Parecía relajado.

–Me ha entrado apetito –afirmó sonriendo, como si nada hubiera pasado.

–La cena está casi lista. Si tenemos suerte, podremos tomárnosla antes de que Teddy se despierte.

–¿Sigue durmiendo?

–No puedo predecir sus horarios. Pero no me molesta, me adapto.

Se sentaron a la mesa y ella sirvió vino para los dos.

–Hay cerveza en la nevera, si prefieres.

Leo probó el vino.

–No, este vino está bien. ¿Es local?

–Sí, hay varias bodegas en la zona.

La conversación era penosamente educada. A pesar de ello, Phoebe estaba nerviosa. La sexualidad de Leo le daba ideas contra su voluntad. Hacía mucho que no besaba a un hombre, que no sentía el peso del cuerpo de un amante moviéndose contra el suyo con urgencia y pasión. Creía haber enterrado esos deseos, pero, con Leo en la casa, se estaba produciendo en ella un despertar erótico.

Sintió un cosquilleo en todo el cuerpo, y la invadió el deseo de besarlo con tanta intensidad que le temblaron las manos. El deseo era tan abrumador como inesperado. Se fijó en la curva de los labios de Leo mientras hablaba. Los tenía carnosos, pero masculinos. ¿Qué sentiría al presionarlos con los suyos?

Imaginarse el sabor de su boca la excitó hasta dejarla sin fuerzas. Se levantó bruscamente, se puso de espaldas a él para aclarar los platos y colocarlos en el lavavajillas. De pronto lo sintió detrás de ella, casi rozándola.

–Déjame a mí –dijo él, y ella sintió su aliento en el cuello.

Se quedó inmóvil. ¿Había notado él sus nervios y su deseo? Tragó saliva.

–No hace falta, gracias. Pero si quieres encender el fuego… –ella ya estaba ardiendo.

Al cabo de uno segundos, él retrocedió.

–Lo que tú digas. Solo tienes que pedírmelo.

Leo no era ingenuo, pero sí perspicaz. Phoebe se sentía atraída por él. Lo sabía porque él experimentaba lo mismo. Pero apenas hacía un día que se conocían, tal vez lo suficiente para la aventura de una noche, pero no para una relación que tendría que durar un par de meses.

En otro momento y con otra mujer, se hubiera aprovechado de la situación, pero estaba a merced de ella. Un movimiento equivocado y lo echaría a la calle. Podría ir a otro lugar, pero no estaría Phoebe. Y comenzaba a creer que era su talismán, su amuleto de la suerte, la única esperanza de no volverse loco las semanas siguientes.

El fuego prendió inmediatamente. Cuando se volvió, ella lo contemplaba con los ojos muy abiertos.

–Ven a sentarte conmigo al sofá –dijo él sonriendo–. Como vamos a pasar mucho tiempo juntos, deberíamos empezar a conocernos.

En ese momento, Teddy lanzó un grito.

–Lo siento. Vuelvo enseguida.

Él se sentó en el suelo, de espaldas a la chimenea. Una piel de oso lo cubría. Estaba seguro de que era falsa, pero se imaginó a Phoebe desnuda sobre ella, con la piel dorada por el resplandor del fuego.

El sexo se le endureció y sintió la boca seca. Se levantó para servirse otra copa de vino, que bebió lentamente mientras trataba de controlarse. Tal vez Phoebe y él se hicieran amigos, o algo más. Pero no debía apresurarse. No debía caer en la tentación de introducir el sexo en escena antes de que ella tuviera la oportunidad de confiar en él.

Phoebe volvió.

–Me estaba preguntando si Teddy te había secuestrado.

–Le he tenido que cambiar el pañal –con el niño a la cadera, le preparó el biberón–. Está muerto de hambre, el pobre.

Leo se sentó en el sofá y ella hizo lo propio.

–¿Qué hacías antes de que llegara Teddy?

Phoebe se puso al niño en el regazo y le dio el biberón.

–Me mudé hace tres años. Al principio estuve muy ocupada decorando y amueblando las dos cabañas. Lo hice con paciencia, buscando exactamente lo que deseaba. Mientras tanto, hice algunos amigos, sobre todo mujeres a las que conocí en el gimnasio o en las tiendas donde compro.

–¿Y cuando las cabañas estuvieron listas?

–Busqué a alguien que me ayudara a poner un jardín. Buford es un anciano que vive cerca de la carretera principal de la que sale el desvío hasta aquí. Es un encanto de hombre. Su esposa me ha enseñado a hacer pan y conservas de fruta y hortalizas. E incluso a hacer mantequilla.

–Entiendo. Podrías pasar por un espíritu libre, amante de las comunas jipis y de la madre Tierra. Pero hay algo que no me cuadra. ¿Cómo pasaste de ser agente de bolsa a esto?

Phoebe entendía su confusión, ya que no tenía sentido. Pero ¿estaba dispuesta a revelar sus dolorosos secretos a un hombre al que apenas conocía? Aún no.

Le respondió con una verdad a medias.

–Tuve varias desilusiones personal y profesionalmente, y me planteé si la profesión que había elegido era la adecuada. Sinceramente no supe qué contestarme. Así que me tomé un descanso. Vine aquí para comprobar si conseguiría simplificar mi vida y darle más sentido.

–¿Y ahora? ¿Qué revelaciones me puedes contar?

–¿Te burlas de mí? –preguntó ella enarcando una ceja.

–Te juro que no. Te admiro por tomar las riendas de tu vida. La mayoría de la gente se limita a seguir en un trabajo que no le gusta porque no se atreve a probar algo nuevo.

–Ojalá pudiera decirte que fue así. Pero, para serte sincera, en mi caso fue cuestión de arrastrarme hasta un agujero para huir del mundo. Estaba en un estado penoso cuando llegué.

–¿Y ahora?

–Creo que controlo mejor lo que deseo en la vida. Y me he perdonado ciertos errores que cometí. Si me preguntas si quiero volver a ese estilo de vida, te diré que no.

–Sé que es una pregunta grosera, pero te la voy a hacer de todos modos: ¿cómo te la arreglas para tener dinero desde que no trabajas?

–Seguro que mucha gente se lo pregunta. La verdad es que se me da muy bien ganar dinero. Tengo un montón ahorrado. Y mis gastos aquí son muy modestos. Aunque no pueda quedarme para siempre, todavía no estoy en bancarrota.

–¿Dirías que la experiencia ha merecido la pena?

–Desde luego.

–Entonces, tal vez haya esperanza para mí.

Cuando Teddy se acabó de tomar el biberón, Phoebe se sentó con él en la piel de oso a jugar. Ella se quedó sorprendida cuando Leo se les unió.

–¿Cuánto le falta para andar a gatas? –le preguntó.

–Ya se pone de rodillas, así que no creo que tarde mucho.

Leo estaba totalmente relajado, mientras que a ella le faltaba el aire. Cualquiera que los viera creería que formaban una familia, cuando no era así, a pesar de que Teddy era su sobrino. No era suyo. De todos modos, ¿qué mal había en fingirlo durante un rato?

Se abrazó las rodillas. Normalmente se hubiera

tumbado boca abajo para jugar con Teddy, pero no quiso hacerlo al estar Leo tan cerca. Incluso con el bebé entre ambos, pensó en lo agradable que sería pasar una hora a solas con su huésped.

Poner música melódica en la radio, tomarse otra botella de vino, echar más leña al fuego y después…

El corazón se le aceleró y sintió la nuca húmeda, al igual que otro lugar de su cuerpo menos accesible. Le costaba trabajo respirar. Miró a Teddy sin verlo, lo que fuera con tal de no mirar a Leo. Por nada del mundo deseaba que creyera que estaba tan desesperada por tener compañía masculina que estaba dispuesta a caer a sus pies.

Leo se tumbó, se puso un brazo sobre el rostro y se quedó dormido. Teddy lo imitó.

Phoebe los observó y sintió una opresión en el pecho que era un mezcla de varias cosas: añoranza de lo que podía haber sido, miedo de lo que estaba por venir y esperanza de que un día pudiera tener una familia.

Como había dormido mal la noche anterior, los párpados comenzaron a pesarle. Se tumbó junto a su sobrino. Cerró los ojos y lanzó un profundo suspiro. Solo descansaría un rato.

52

Capítulo Siete

Leo se despertó sin saber dónde estaba. Poco a poco lo recordó. Giró la cabeza y vio a Phoebe y a Teddy durmiendo tranquilamente.

El bebé era la imagen de la inocencia, pero Phoebe... Estaba hecha un ovillo y por el cuello del jersey se le adivinaban los senos. El pelo le caía sobre el rostro como si se acabara de despertar de una noche de sexo. Lo único que Leo tenía que hacer era extender el brazo y podría acariciarle el estómago.

Estaba incómodo de pura excitación. No sabía si agradecer la presencia del niño o maldecirla. Le sorprendía y preocupaba la intensidad de su deseo. ¿Su reacción ante Phoebe se debía a que era la única mujer disponible o a que su largo celibato lo predisponía a desearla?

Sería el colmo del egoísmo seducirla por aburrimiento o proximidad. Era una mujer cariñosa, generosa y amable.

Se levantó con cuidado para no despertarlos y añadió más leña al fuego. Mientras lo contemplaba arder, la temperatura comenzó a subir quemándole la piel. Sin embargo, no se apartó. Phoebe le parecía como aquel fuego en mayor medida que cualquier otra mujer con la que había estado: enérgica, fascinante, de la que emanaba un calor que le llegaba hasta los huesos.

La mayoría de sus relaciones en Atlanta eran breves. El sexo era bueno y necesario para la vida, pero nunca se había visto tentado a hacer lo necesario para tener en su cama a la misma mujer noche tras noche.

Se puso de rodillas y miró a Phoebe. ¿La despertaba? ¿Había que acostar al niño?

Postergó la decisión y se dedicó a contemplarlos mientras dormían.

Phoebe se despertó lentamente, pero no confundida. Siguió con los ojos cerrados, aunque sabía que Leo la miraba. Pero a él no lo engañó. Le tocó el pie con el suyo.

—Abre los ojos, Phoebe.

Suspirando, ella lo obedeció y lo miró con todo el descaro del que era capaz. Se tumbó boca arriba y se puso las manos detrás de la nuca.

—¿He dejado entrar a un mirón en mi casa?

Leo bostezó y se estiró.

—No tengo la culpa de que te pasaras bebiendo vino en la cena.

—No lo hice —repuso ella, indignada—. Estoy cansada por el niño.

—Te lo has creído — dijo él con aire de superioridad y un brillo travieso en los ojos.

—Muy gracioso —observó ella mientras se sentaba con cuidado de no tocar a Teddy—. ¿Cuánto tiempo llevo durmiendo?

—No mucho.

La ardiente mirada masculina le indicó claramente lo que pensaba. En un abrir y cerrar de ojos, habían pasado de ser conocidos a compañeros a la hora de dormir.

Phoebe tenía la boca seca. La tensión sexual bullía entre ambos. Lo único que les separaba era el bebé.

Un bebé que era responsabilidad de ella. La realidad se impuso.

—Me voy a acostar. Quédate levantado el tiempo que quieras. Pero, por favor, apaga el fuego antes de irte a la cama.

—Tenemos que hablar de esto —le espetó él sin dejar de mirarla.

A ella le costó, pero consiguió mirarlo a los ojos sonriendo tranquilamente.

—No sé de qué me hablas. Buenas noches.

A las dos de la madrugada, Leo desistió de intentar conciliar el sueño. El cuerpo le temblaba de excitación. La novela que había empezado a leer no logró interesarle más allá del primer capítulo. Lanzó una maldición y se levantó para pasear por la habitación, pero se detuvo al oír el llanto de Teddy.

Era la excusa que necesitaba. Se puso una fina bata sobre los pantalones del pijama y se dirigió al vestíbulo, donde se detuvo para tratar de localizar a Phoebe. Había una débil luz bajo la puerta de su dormitorio, pero no bajo la del niño. Sin pensar en las consecuencias, Leo llamó.

La puerta se abrió una rendija.

—¿Qué te pasa? ¿Qué quieres? —le susurró ella.

—¿Necesitas ayuda?

—No.

Phoebe fue a cerrar, pero él puso el pie en el hueco sin recordar que no llevaba zapatillas, solo calcetines.

Ella empujó con fuerza. Él gimió, se echó hacia atrás bruscamente y estuvo a punto de caerse. Saltando a la pata coja, dio un puñetazo en la pared para evitar soltar una sarta de improperios totalmente inadecuada para los oídos de un bebé.

Ella abrió la puerta de par en par, totalmente consternada

—¿Te has hecho daño? Claro que sí. Sostén a Teddy mientras voy a por hielo.

—Pero yo… —protestó él agarrando al bebé. La siguió mientras Teddy no dejaba de hacer pucheros.

Al llegar al salón, ella encendió un par de lámparas y puso hielo en un paño de cocina. Tomó a Leo del brazo.

—Dame al niño y siéntate —le ordenó, irritada, al tiempo que lo empujaba hacia el sofá—. Pon el pie encima para que compruebe que no te hayas roto nada.

Teddy rompió a llorar. Leo perdió el equilibrio y cayó al sofá con tanta fuerza que la barbilla le chocó con la cabeza del bebé.

—¡Maldita sea! —exclamó.

Phoebe le quitó a Teddy y se sentó al otro extremo del sofá. Antes de que Leo pudiera decir nada, le puso la pierna en su regazo y le quitó el calcetín.

Cuando le tocó el pie, Leo volvió a gemir, aunque por distinto motivo. Que Phoebe le tocara lo excitó, aunque le doliera el pie. Ella le presionó suavemente con el pulgar de uno a otro lado para evaluar el daño.

Leo soltó un bufido, y ella hizo una mueca.

—Perdona. ¿Te he hecho mucho daño?

Lo miró de reojo. La bata se le había abierto al perder el equilibrio y tenía casi todo el pecho al descubierto, por lo que era imposible no notar su excitación bajo los pantalones del pijama. Phoebe tragó saliva.

—No me duele –murmuró él–. Sigue.

Pero Teddy lloraba inconsolablemente.

Ella soltó el pie de Leo como si fuera una granada y se levantó.

—Ponte el hielo –le dijo, sin aliento y avergonzada–. Ahora vuelvo.

Phoebe se dejó caer temblando en la mecedora de la habitación de Teddy. Este se acurrucó en su hombro mientras le acariciaba la espalda y le cantaba en voz baja. El bebé no tenía hambre, ya que le había dado el biberón una hora antes. El problema era que le dolía la boca porque le estaban saliendo los dientes.

—Pobrecito mío –murmuró al tiempo que le daba unas gotas para calmarle el dolor.

Teddy se fue quedando dormido. Ella lo meció cinco minutos más para estar segura. Después lo metió en la cuna y salió de puntillas de la habitación.

Estaba agotada y quería irse, pero le había dicho a Leo que volvería.

En el salón solo había una lámpara encendida. Leo estaba viendo la televisión, pero la apagó cuando ella apareció.

—¿Qué tal el pie?

—Compruébalo tú misma.

Se dio cuenta de que la estaba desafiando. Avanzó hacia él a pesar de que, en su interior, una voz le gritaba que se detuviera. Esa vez no se sentó en el sofá, sino que se arrodilló ante él y le quitó el paño con el hielo.

57

Ya tenía el pie de color cárdeno y una fina línea roja indicaba dónde lo había arañado la puerta.

–¿Cómo estás?

Leo hizo una mueca de dolor al volver a ponerse el calcetín.

–Sobreviviré.

Al haberse inclinado él hacia delante, estaban cara a cara.

–Ahora, si no tienes inconveniente, voy a besarte –le dijo él en voz baja y ronca.

Ella se humedeció los labios y sintió que se le endurecían los pezones, a pesar de que el resto de su cuerpo había adquirido la consistencia de la miel.

–No tengo ningún inconveniente –susurró.

Lenta y suavemente, tal vez para darle tiempo a resistirse, él le tomó el rostro entre las manos, le metió los dedos en el cabello y le masajeó la cabeza.

–¡Qué hermosa eres! –gimió mientras apoyaba su frente en la de ella.

Ella le puso las manos en el pecho y le acarició. Los músculos pectorales, bien definidos, daban paso a una fina línea de vello hasta el estómago, liso y musculoso.

Estaba ebria de placer. Hacía tanto tiempo… Aunque había tenido oportunidades de intimar con hombres durante los tres años anteriores, ninguno había sido tan tentador como Leo.

–¿Qué estamos haciendo? –preguntó con voz entrecortada.

–Conociéndonos –susurró él.

Fue al encuentro de su boca y ella lo recibió con deseo. Cuando la lengua masculina se movió lentamente entre sus labios, ella la recibió con la suya para conocer su sabor, algo que había deseado con intensidad. Él le sostuvo la cabeza con firmeza obligándola a arquear el cuello para hacer el beso más profundo.

Ella lo agarró de las muñecas.

–Se te da bien esto –jadeó–. Demasiado bien.

–Eres tú –le susurró él al tiempo que bajaba del sofá al suelo–. Dime que pare, Phoebe.

La besó con pasión. Estaban tan cerca, que ella notó su excitación presionándole el vientre.

Cuando él le metió las manos en los pantalones del pijama y le agarró las nalgas, se sintió deseada. Hacía mucho que no la tocaba un hombre. Y aquel no era uno cualquiera.

–Hazme el amor, Leo, por favor. Te deseo tanto…

Se levantaron y se acercaron al fuego. Él le quitó la chaqueta del pijama. Al mirarle los senos, tomó cada uno en una mano apretándolos con delicadeza. Después, mientras le besaba la nariz, las mejillas y los ojos, le frotó los pezones.

–Me debilitas –afirmó él–. Quiero hacerte toda clase de cosas, pero no sé por dónde empezar.

El júbilo se apodero de ella. Lo abrazó por el cuello y frotó la parte inferior de su cuerpo contra él.

–¿Te sirve esto para darte ideas?

Capítulo Ocho

Leo se sintió indeciso. Tenía a Phoebe en sus brazos, y estaba dispuesta. Pero un resto de decencia trataba de abrirse paso en su mente. El momento no era adecuado. Aquello no era adecuado.

Se maldijo en silencio y gimió por el esfuerzo de detener el tren cuando ya estaba en marcha. Le quitó las manos a Phoebe de su cuello y retrocedió.

—No podemos. No quiero aprovecharme de ti —agarró la chaquetilla del pijama de ella y se la tiró—. Póntela.

Ella lo obedeció al instante con el rostro rojo de ira y vergüenza.

—No soy una niña, Leo. Tomo mis propias decisiones.

Él quiso consolarla, pero no podía volver a tocarla. Una explicación tendría que bastar.

—Un árbol destroza tu casa de huéspedes. Estás cuidando a un niño que está echando los dientes y que lleva dos noches sin dejarte dormir. El estrés y el agotamiento no son una buena base para tomar decisiones. No quiero que tengas que lamentarte de nada cuando amanezca.

Ella se abrazó por la cintura al tiempo que lo fulminaba con la mirada.

—Tendría que ponerte de patitas en la calle —afirmó temblando.

—Espero que no lo hagas.

Había cosas que tenía que contarle antes de intimar con ella, y si no estaba preparado para hacerlo, tampoco lo estaría tener sexo con Phoebe.

Ella alzó la barbilla.

–No volverá a suceder. Mantén las distancias y yo cumpliré mi parte del trato. Buenas noches.

La habitación pareció fría y solitaria en su ausencia. Leo se preguntó si había cometido el mayor error de su vida. No, a pesar de su pasión no satisfecha, sabía que había obrado correctamente. Phoebe no era de esas mujeres que tienen sexo sin haber reflexionado. A pesar de su aparente disposición a hacerlo aquella noche, él sabía que cuando hubieran acabado, se culparía a sí misma y lo culparía a él.

Lo que deseaba de ella, si volvía a tener la oportunidad de acercársele, era que confiara en él. Tenía secretos que contarle, y sospechaba que ella también. Así que la satisfacción sexual podía esperar.

Phoebe se acostó con las mejillas mojadas de lágrimas de humillación. Dijera lo que dijera Leo, la había rechazado. ¿Qué hombre se detenía cuando estaba totalmente excitado y casi en el momento de la penetración? Solo aquel que no se comprometiera por completo con el acto de hacer el amor.

Tal vez, ella lo hubiera estimulado al masajearle el pie. Pero, al final, no era ella a quien él deseaba ni lo que deseaba.

Sentirse tan herida por un hombre al que acababa de conocer la hizo reflexionar. ¿Tan desesperada estaba? ¿Tan sola?

***

Leo durmió hasta tarde a la mañana siguiente, ya que se había pasado parte de la noche deambulando por su habitación. Antes de amanecer se había duchado y dado placer con el único propósito de poder dormirse.

Eran casi las diez cuando se dirigió a la cocina y el salón. Phoebe no estaba, y la cuna de Teddy estaba vacía.

Le invadió el pánico hasta que los descubrió en el porche charlando con un hombre que había ido a llevarse el roble caído. Cuando Leo salió, la mirada de desaprobación de ella le recordó que no se había peinado ni afeitado.

El hombre se despidió de ellos y se dirigió adonde había aparcado el camión.

–Lo siento –dijo Leo–. Se suponía que era yo quien debía encargarse de esto.

–No te preocupes, ya está hecho. Perdona, pero tengo que acostar a Teddy.

–Pero yo…

Ella le dio con la puerta en las narices.

Leo contó hasta diez y, cuando creyó que estaba suficientemente controlado, entró y buscó algo de comer en la cocina. Untó dos tostadas frías con mermelada de fresas casera y se sentó a la mesa. Cuando Phoebe volvió, ya había acabado.

–¿Puedo usar el teléfono? –le preguntó.

–¿Para qué?

–Voy a pedir un móvil nuevo a tu compañía telefónica, ya que el mío no me sirve, y también quiero tener Internet. Pagaré un año de contrato.

—Eso es muy caro para una estancia corta. Debe de estar muy bien ser rico.

—No voy a disculparme por tener dinero. Trabajo mucho.

—¿Tan importante es estar conectado? ¿No puedes prescindir de ello durante dos meses?

¿Cómo se habían vuelto adversarios? La miró hasta que ella apartó la vista.

—La tecnología y los negocios no son producto del demonio. Vivimos en la era de la información.

—¿Y qué pasa con tu recuperación?

—¿Qué pasa?

—Pensaba que tenías que apartarte del trabajo para descansar y recuperarte.

—Puedo descansar sin tener que estar desconectado del mundo.

—¿En serio? Porque, en mi opinión, eres un tipo dispuesto a conseguir lo que quieres cuando lo quieres. Tu médico y tu hermano te habrán aconsejado, pero dudo que los respetes lo suficiente para hacer lo que te han pedido.

—Te juro que estoy haciendo lo que me ha ordenado el médico, aunque, en realidad, no es asunto tuyo.

—Haz lo que debas —dijo ella mientras se sacaba el móvil del bolsillo y se lo entregaba con una expresión que era una mezcla de decepción y resignación—. Pero te recomiendo que pienses en la gente que te quiere y en por qué estás aquí.

En ese momento, Leo vio una camioneta de reparto detenerse frente a la casa. Su sorpresa había llegado.

Tal vez con ella ganara puntos con Phoebe y desviara su atención del incómodo tema de su recuperación.

Ella fue a abrir la puerta.

–No he pedido nada –protestó cuando el repartidor dejó una gran caja marrón en la entrada.

–Firme aquí, por favor.

Después de haber cerrado la puerta, miró la caja como si contuviera dinamita.

–Ábrela –dijo Leo.

Phoebe lo hizo con cierta ansiedad. Contempló, asombrada, que estaba llena de comida: un jamón, guisos congelados, postres, fruta fresca… La lista era interminable.

Se volvió a mirar a Leo, que se había sentado en el sofá.

–¿Es tuyo esto?

Él se encogió de hombros.

–Antes de perder los estribos el otro día por no tener acceso a mi correo electrónico, miré mis mensajes personales y decidí ponerme en contacto con un buen amigo, un chef de Atlanta que me debe un favor. No me parecía bien que tuvieras que cocinar para mí todo el tiempo, así que le pedí que preparara algunos platos. Va a mandarnos una caja una vez por semana.

Ella pensó que se trataba de un gesto hermoso, además de muy caro. Volvió a mirar el contenido de la caja y sintió que su mal humor se evaporaba. Leo sería un maravilloso compañero durante los dos meses siguientes, aunque lo único que quisiera de ella fuera su amistad.

Lo besó en la mejilla. Él la miró, sorprendido.

—No te preocupes. Ha sido platónico. Solo quería agradecerte el regalo.

Él la agarró de la muñeca.

—No hay de qué, Phoebe. Pero he obrado también por egoísmo, ya que pienso disfrutar del banquete —replicó él, con esa sonrisa que le dulcificaba los rasgos.

Ella se la devolvió, aunque puso una distancia segura entre ambos. No tenía sentido sentirse avergonzada ni violenta con Leo. No quería echarlo a la calle ni tenía el valor de hacerlo. Teddy era un encanto, pero tener a un adulto en la casa le proporcionaba otro tipo de estimulación.

De pronto recordó lo que había querido preguntarle antes de que la noche anterior acabara tan mal.

—¿Te importaría que pusiera adornos navideños?

—¿Por qué iba a importarme?

—Tal vez por motivos étnicos o religiosos.

—No hay problema —dijo él riéndose entre dientes—. ¿Tenemos que ir de compras?

—No, porque tengo montones de cajas llenas de adornos en el desván. Cuando me mudé no estaba de humor para celebraciones. Ahora, con Teddy en casa, no me parece bien no hacerlo. ¿Me ayudarás a bajar las cajas? Te advierto que son muchas.

—¿Con árbol incluido?

—El que tengo es artificial y bastante feo. Sería divertido ir a por uno al bosque.

—¿En serio?

—Claro. La cabaña tiene terreno. Seguro que encontraremos algo.

Él enarcó una ceja con expresión escéptica.

–¿Los dos juntos?

–Claro. No voy a pedirte que vayas solo con el frío que hace. Tengo un cochecito para bebés, así que Teddy y yo iremos contigo. Además, creo que un hombre no es el mejor juez a la hora de encontrar el árbol perfecto.

–Me ofendes. Mi gusto es excelente.

–Esta cabaña tiene limitaciones de espacio. Y reconocerás que los hombres siempre creen que cuanto más grande mejor.

–También las mujeres.

Al jugar con el doble sentido de las palabras, Leo se mantuvo serio, aunque tenía un brillo travieso en los ojos. Ella se puso colorada.

–¿Estamos hablando de árboles de Navidad?

–Dímelo tú.

–Creo que anoche lo dejaste bastante claro –le espetó ella.

–No debí permitir que las cosas llegasen tan lejos. Tenemos que ir poco a poco, Phoebe. Te respeto mucho para aprovecharme de ti.

–¿Y si soy yo la que se aprovecha de ti? –le preguntó ella sin poder contenerse. Parecía que la libido se imponía sobre el orgullo y el sentido común.

Leo frunció el ceño y cruzó los brazos, sin contestar a su pregunta.

–Da igual. Entiendo –concluyó ella.

Él se levantó y se le acercó.

–No entiendes nada –dijo con brusquedad. Y la atrajo hacia sí y la abrazó con un brazo mientras que con la otra mano le levantaba la barbilla. La miró fijamente a los ojos–. No te equivoques, Phoebe. Te deseo. Y te poseeré. Cuando por fin lleguemos a la cama, o a cualquier otra superficie plana, ya que no soy quisquilloso, voy a hacerte el amor hasta que nos quedemos sin fuerzas. Pero mientras tanto, tendrás que portarte bien, igual que yo. ¿Entendido?

Como en las películas, el tiempo se detuvo. Todos los sentidos de Phoebe se pusieron en estado de alerta. La respiración de Leo era pesada. Cuando la había agarrado, ella, de forma refleja, le había puesto la mano en el hombro, aunque la idea de mantenerlo a distancia era ridícula, debido a su fuerza.

Estaban tan cerca que ella pudo aspirar su olor. Se humedeció los labios. Temblaba de tal manera que agradeció que la sostuviera.

–Define «portarte bien» –dijo mientras lo besaba en la barbilla y en la muñeca y le acariciaba.

Leo trató de contenerse, como delataba su expresión, pero esa vez no la soltó.

Lanzó una maldición antes de abrazarla y casi levantarla del suelo. Su boca aplastó la de ella sin darle cuartel. Ella se alegró de ser alta y fuerte, porque podía igualarlo en la forma de besar.

Se olvidaron de ir paso a paso. Como los habitantes prehistóricos de aquellos valles y montañas, el instinto de apareamiento se abrió paso burlándose de las dulces palabras y los tiernos sentimientos.

Aquello era pasión en su forma más primitiva. Ella se frotó contra él, desesperada por acercársele aún más.

–Leo –gimió, incapaz de expresar con palabras lo que deseaba, lo que necesitaba–. Leo…

Capítulo Nueve

Leo estaba perdido. Meses de abstinencia sexual unidos a la incertidumbre de si su cuerpo sería el mismo que el de antes del infarto le produjeron el mismo efecto que haber recibido un puñetazo en el estómago. En su interior no dejaba de repetirse: «Solo un beso. Solo un beso».

Su excitación se había incrementado hasta resultarle dolorosa. Los pulmones se le habían reducido a la mitad de su capacidad y veía manchas negras. Era el paraíso tener a Phoebe en sus brazos. Era femenina, pero no frágil. Y eso le encantaba.

La piel le olía a gel de ducha y a polvos de talco de bebé. Llevaba el pelo recogido en una trenza, de la que el tiró para que echara la cabeza hacia atrás y poder mordisquearle el cuello.

El sonido que ella emitió, en parte un grito y en parte un gemido, lo volvió loco. La levantó y ella le rodeó la cintura con las piernas. Estaban vestidos, pero él la embistió con una fuerza torturante para ambos.

Sin previo aviso, Phoebe trató de deshacer el abrazo. Él la agarró con más fuerza, obnubilado por la urgencia de poseerla cuanto antes.

Ella le puso las manos en el pecho para empujarlo.

—Leo, oigo a Teddy. Está despierto.

Cuando sus palabras lograron atravesar la niebla de

deseo que lo encadenaba, la dejó en el suelo y retrocedió tambaleándose, con el corazón a punto de salírsele por la boca. Temeroso de sus emociones, se dirigió a la puerta, se puso las botas y salió sin mirar atrás.

Phoebe siempre había considerado una bendición la llegada de Teddy a su vida. Hasta ese día. Mientras intentaba recuperarse se dirigió a la habitación del niño y lo sacó de la cuna.

–Qué poco has dormido –le dijo al tiempo que soltaba una risa histérica. El olor del bebé le indicó que tenía el pañal sucio, lo cual era probablemente la causa de que se hubiera despertado tan pronto.

Lo cambió, lo dejó en el suelo sobre una manta y se puso a ordenar la habitación, todo ello sin dejar de pensar en Leo. Había salido sin abrigo, aunque llevaba un jersey grueso y la temperatura se había moderado.

Sentía remordimientos por lo sucedido, ya que había sido culpa suya. Él, siempre un caballero, había hecho lo posible por enfrentarse a su mutua atracción. Pero ella, como una solterona solitaria, prácticamente lo había atacado.

Un hombre no estaba programado para rechazar a una mujer que le lanzara una invitación tan descarada. Le había dado a entender sin ningún tipo de dudas que era suya para que la poseyera.

Leo había reaccionado, desde luego. ¿Qué hombre heterosexual y con sangre en las venas no lo hubiera hecho? ¿Cómo iba a volver a mirarlo a la cara? ¿Y qué iban a hacer con la intensa e inoportuna atracción mutua?

Media hora después, con Teddy a la cadera, se puso a guardar la comida que había enviado el amigo de Leo. Ya había decidido lo que comerían, pero pasó una hora y luego otra. Había mirado cien veces por la ventana. ¿Y si se había perdido?, ¿y si estaba herido?, ¿o enfermo?

Leo anduvo a grandes zancadas por el bosque hasta que le dolieron las piernas y se quedó sin aliento. Pero no le sirvió para aplacar su deseo de Phoebe. Al principio había atribuido su fascinación por ella al hecho de que llevaba mucho tiempo sin la compañía de una mujer. Pero era más que eso. Era como si ella fuera un virus que se le hubiera introducido en la sangre, una enfermedad tan peligrosa como un infarto.

Pero ya había tomado una decisión: Phoebe y él serían amantes. Lo único que había que determinar era dónde y cuándo.

Se le había despejado la cabeza con el paseo, por lo que decidió volver. Había seguido el arroyo para no perderse. Cuando finalmente se detuvo, había subido la mitad de la montaña. Desde donde se hallaba veía parte de la chimenea de la casa de Phoebe.

Tal vez Luc tuviera razón y, allí, en un entorno tan distinto al suyo habitual, pudiera verse a sí mismo de otro modo. Su mundo no era mejor ni peor que el de ella; solo distinto.

¿Por qué vivía Phoebe en medio del bosque? ¿Para tener perspectiva? Y si así fuera, ¿lo había conseguido? ¿Volvería a su antigua vida?

Se sentó en una enorme roca de granito y escuchó

los latidos de su corazón. Su cadencia tranquila y regular lo llenó de gratitud por todo lo que había estado a punto de perder. Tal vez formara parte de la naturaleza humana dar la vida por supuesta. Pero él había llegado al punto en que necesitaba hacer balance y encontrarle un sentido.

En medio de esas nobles aspiraciones, reconoció que anhelaba volver a su escritorio. Dirigía una empresa multimillonaria y lo hacía bien. Sabía que «adicto al trabajo» era una expresión que se usaba en términos peyorativos, acompañada de miradas de compasión. Pero él no veía nada malo en sentir pasión por un trabajo y realizarlo bien. No quería pensar en todo lo que se estaría dejando de hacer en su ausencia. No era que Luc y el resto del equipo fueran menos inteligentes que él. No era eso. Pero no se dedicaban a la empresa al cien por cien, como hacía él.

Cuanto más pensaba en ello, más se inquietaba, hasta el punto de que sintió que le subía la presión sanguínea.

Comenzó a respirar profundamente para tranquilizarse. En medio de su agitación, una ardilla se detuvo cerca de una de sus botas para desenterrar una bellota. El animal excavó con furia, halló el fruto y se marchó corriendo.

Leo sonrió. Al hacerlo sintió que una parte de la tensión desaparecía. Volvió a respirar hondo. Por regla general, le gustaban el sonido del tráfico y el incesante rumor de la gran ciudad. Sin embargo, fue capaz de percibir la tranquilidad del bosque y la casi imperceptible presencia de seres que hacían aquello para lo que se les había creado.

71

Leo se dijo que eran afortunados, ya que no tenían que buscar un sentido a la vida, sino ir de A a B, y vuelta a empezar.

Los envidiaba por tener un único objetivo, pero no deseaba ser uno de ellos. De niño, sus profesores lo consideraron un superdotado, por lo que sus padres lo enviaron a campamentos de verano para estudiar Geología y Astrofísica, lo cual le gustaba. Pero tenía la sensación de no encajar en ningún sitio. Sus proezas atléticas hacían que recelaran de él los empollones, y sus éxitos académicos lo excluían del círculo de los deportistas.

Su hermano era, y seguía siendo, su mejor amigo. Por eso estaba allí, perdido en el bosque, porque Luc había insistido en que era importante. Y si Luc creía que necesitaba tiempo para recuperarse, probablemente tuviera razón.

Se levantó y se estiró tiritando. Había estado sentado demasiado tiempo, después del extenuante ejercicio, por lo que se había quedado frío y rígido. De pronto, lo único que deseó fue ver a Phoebe. Quería estar con ella de la forma que fuera y por el tiempo de que dispusiera.

Se prometió, a pesar de que iba contra su naturaleza, olvidarse del calendario y vivir el momento. Tal vez hubiera en él algo más de lo que parecía a simple vista. Si era así, tenía dos meses para averiguarlo.

Phoebe no supo si llorar o insultar a Leo cuando, por fin, entró por la puerta. Su alivio al ver que estaba bien se mezcló con su enfado porque hubiera desaparecido durante tanto tiempo sin explicación alguna. Aunque si hubiera estado viviendo en su propia cabaña, ella no se habría enterado de sus idas y venidas.

Pero Leo y ella vivían bajo el mismo techo, lo cual, sin duda, le confería unos mínimos derechos en lo referente a las convenciones sociales. Pero como no podía reprenderlo, tuvo que tragarse el enfado.

Al entrar, él le sonrió tímidamente y le preguntó:

–¿Has comido ya?

–Tienes la comida en el horno –replicó ella sonriéndole a su vez, pero sin levantarse. No era necesario que se ocupara de él como si fuera una abnegada ama de casa.

Teddy se puso a jugar con una pajita mientras ella se tomaba una segunda taza de café. Cuando Leo se sentó a la mesa, le dijo:

–Tu amigo es un genio. Dale las gracias de mi parte.

Leo comenzó a comer con apetito.

–Tienes razón. A veces me prepara la cena cuando tengo invitados en casa. Me he vuelto famoso por esas cenas.

Phoebe se levantó porque era la hora de la siesta de Teddy.

–Después podemos bajar las cajas del desván y, si duerme una siesta larga, tendremos tiempo de colocar parte de los adornos, si todavía estás dispuesto.

–Por supuesto que estoy dispuesto –afirmó él con una sonrisa maliciosa.

A Phoebe le resultó increíble que se tomara a broma la locura de unas horas antes.

–No tiene gracia.

–Y que lo digas. Sé que, en teoría, las parejas con niños pequeños tienen sexo, pero no entiendo cómo lo hacen.

Phoebe soltó una carcajada al ver su expresión de abatimiento, lo cual sobresaltó a Teddy, que casi se le había dormido en el hombro.

–No tienes que preocuparte por eso. Lo único que tengo planeado esta tarde es poner adornos navideños.

Leo rara vez había pasado tanto tiempo a solas con una mujer como con Phoebe. Comenzaba a conocer las expresiones de su rostro y a interpretarlas con bastante exactitud. Cuando volvió de acostar a Teddy, su excitación era palpable.

–La escalera para subir al desván, de la que hay que tirar para bajarla, está en aquel rincón –dijo ella mientras arrastraba una silla hasta allí–. Voy a tirar de la cuerda y tú estate atento para agarrar la escalera cuando baje.

Ella tiró de la cuerda y se abrió una parte del techo, que dejó a la vista una escalera plegable. Leo asió el primer peldaño y tiró de él para bajarla.

–¿Qué quieres que agarre primero? –le preguntó mientras comenzaba a subir.

–El orden da igual. Quiero bajarlo todo, salvo el árbol. Toma –dijo sacándose una linterna del bolsillo–. Casi se me olvida.

Las cajas estaban etiquetadas y ordenadas alrededor de la escalera, muy a mano. Algunas pesaban mucho, y Leo se preguntó cómo las habría subido ella. Oyó un grito y sacó la cabeza por el hueco.

–¿Qué pasa?

–Hay una araña –dijo ella estremeciéndose–. No creí que las cajas se hubieran ensuciado tanto en tres años.

–¿Paro?

–No, vamos a acabar. Después me ducharé dos o tres veces.

–Me gustaría ayudarte con esa limpieza. Te buscaré piojos en el cabello.

–No sé si eso me resulta repugnante o excitante. Me parece que me hiciste un ofrecimiento similar para tratar de convencerme de que dejara que te quedases. Entonces, me prometiste matar insectos.

–Y resulta que tenía razón –Leo retomó la tarea mientras el cuerpo le hormigueaba de excitación.

Cuando bajó la última caja y guardó la escalera, ella estaba sacando adornos de las cajas. Le enseñó un diminuto muñeco de nieve de cristal.

–Mi abuela me lo dio cuando tenía ocho años.

Él se agachó a su lado.

–¿Vive todavía?

–Por desgracia, no.

–¿Y tus padres? –estaba tan cerca de ella que hubiera podido besarla en la nuca, pero se contuvo.

Phoebe se sentó en el suelo y cruzó las piernas.

–A mis padres los atropelló un conductor borracho cuando mi hermana y yo éramos adolescentes. Una familia nos acogió hasta que fuimos a la universidad.

–¿Y desde entonces?

–Dana y yo nos llevamos muy bien.

–¿No ha habido más personas importantes en tu vida?

Ella frunció el ceño mientras trataba de desenredar un hilo de cuentas plateadas.

—¿Y tu familia, Leo?

Él se dio cuenta de que era un tema del que ella no quería hablar.

—Aunque resulte extraño, tenemos eso en común. Luc tenía diecisiete, y yo dieciocho, cuando perdimos a nuestros padres en un accidente de navegación. Estábamos en Italia visitando a nuestro abuelo. Mi padre salió a navegar con mi madre en el barco de un amigo. Le gustaba la velocidad. Al volver chocó con un pilón de cemento al acercarse al muelle.

—¡Qué horror!

—Mi abuelo insistió en que les hicieran la autopsia. Mi madre no llevaba puesto el chaleco salvavidas. Se ahogó al salir disparada y caer al mar. Me consolé pensando que estaría inconsciente cuando murió, ya que tenía una gran herida en la cabeza.

—¿Y tu padre?

Leo tragó saliva.

—Tuvo un infarto, y por eso perdió el control del barco.

Ella le puso la mano en el brazo.

—Pero ¿no era muy joven para sufrir un infarto? Tenía cuarenta y un años.

—Lo siento mucho, Leo.

Él se encogió de hombros.

—Fue hace mucho tiempo. Después del funeral, mi abuelo nos llevó de vuelta a Italia a vivir con él. Quiso que fuéramos a la universidad en Roma. Se podría pensar que fuimos afortunados al recibir semejante educación, pero durante mucho tiempo nos sentimos muy desgraciados. Además, mi abuelo no es un hombre que se haga querer. No suelo contar esto, pero tú sabes lo que es quedarse sin suelo bajo los pies.

—Desde luego. Mis padres eran maravillosos. Siempre nos animaron a Dana y a mí a conseguir lo que deseáramos. Jamás nos dijeron que algo era muy difícil o que no era adecuado para una chica. Perderlos nos cambió la vida.

Phoebe se quedó callada. Él le tiró de la trenza.

—Perdona, no era mi intención terminar hablando de cosas tristes.

Ella apoyó la cabeza en su mano.

—Es difícil no pensar en la familia en esta época del año, sobre todo en aquellos que ya no están. Me alegro de que estés aquí, Leo.

77

Capítulo Diez

Phoebe no estaba segura de quién había comenzado. Sus labios se encontraron breve y dulcemente. Se apoyó en él, que le pasó el brazo por los hombros. Era un hombre viril y sexy, por lo que no se la podía culpar por querer más.

–Leo –murmuró.

–¿Qué, Phoebe? –le preguntó él con voz ronca.

A ella se le ocurrieron un millón de respuestas.

«Desnúdame, acaríciame, hazme el amor». Pero consiguió que prevaleciera la sensatez.

–Vamos a poner música que nos anime a adornar la casa.

Él sonrió y la besó en la punta de la nariz.

–Que quede claro que te quiero esta noche en mi cama, Phoebe, cuando el pequeño esté dormido y no nos interrumpa.

Ella lo miró sopesando los riegos. Tomar a Leo como amante era muy peligroso.

Solo iba a quedarse poco tiempo. Y aunque ella estaba en paz consigo misma y contenta con su nueva forma de vida, no se engañaba pensando que a él le pasaba lo mismo. Sabía que estaba deseando volver a su casa. Su estancia en la montaña era una especie de penitencia, un ritual de curación que había aceptado, no sin protestar.

Le acarició la mejilla.

–A mí también me gustaría, y siento que no podamos ser más espontáneos. Una relación nueva debería ser salvaje y apasionada.

«Como esta mañana», pensó, «que casi me has tomado de pie».

Leo la agarró de la barbilla.

–Lo será, Phoebe, cariño. Puedes estar segura.

Leo encendió un fuego tan intenso que ambos tuvieron que quedarse en camiseta para no asfixiarse. Phoebe halló una emisora en la que radiaban villancicos clásicos. Se burló de Leo sin piedad al darse cuenta de que solo se sabía el primer verso de la mayoría, y lo demás se lo inventaba.

Sacaron varias velas de olor, las encendieron y las pusieron en la mesita de centro. Debido al calor del verano, la cera se había deshecho un poco, por lo que las velas que supuestamente eran árboles de Navidad parecían arbustos medio caídos.

Phoebe soltó una carcajada.

–Sería mejor tirarlas a la basura.

–No lo hagas. Tienen carácter.

–Si tú lo dices, pero me parece que están dañadas y que no tienen arreglo.

–Las apariencias engañan –afirmó él.

¿Qué sabía Leo Cavallo del daño, del sufrimiento? Estaba en la cumbre de su fuerza física y su agudeza mental. Sus músculos revelaban su capacidad de abrazar a una mujer, de protegerla. Y la inteligencia brillaba en sus ojos y en su conversación.

Poco a poco, la habitación fue cambiando. Con la ayuda de Leo, ella colgó guirnaldas de la chimenea y las puertas, además de lucecitas.

Él se pasó una hora clavando copos de nieve plateados, verdes y dorados en el techo. Y sonrió satisfecho cuando acabó de hacerlo.

El felpudo en el que se leía «Feliz Navidad» estaba frente a la puerta principal. Y en la mesa de la cocina había manteles individuales de color verde oscuro y tazas con motivos navideños.

Al final, él se dejó caer en el sofá con un gemido.

—Está claro que te gusta la Navidad.

Ella se sentó a su lado y se acurrucó en sus brazos.

—Perdí el espíritu navideño hace unos años, pero, con Teddy aquí, creo que estas Navidades serán mágicas. ¿Y tú, Leo? Tu cuñada ha hecho una reserva de dos meses. Pero volverás a casa por Navidad, ¿no?

Él suspiró mientras jugueteaba con su trenza.

—No lo he pensado. En los últimos seis u ocho años, Luc y yo hemos ido a Italia muchas veces para pasar la Navidad con mi abuelo. Pero cuando Luc y Hattie se casaron, hace dos años, mi abuelo vino aquí, pero juró que no lo haría todos los años, ya que el viaje lo agotó. Ahora, con dos niños pequeños, creo que Luc y Hattie se merecen pasar las Navidades solos con ellos.

—¿Y tú?

Él se encogió de hombros.

—Estoy seguro de que recibiré un par de invitaciones.

—Puedes quedarte aquí con Teddy y conmigo —le propuso ella, desesperada porque aceptara.

—¿Estás segura? No querría importunarte.

¿Lo decía en serio? Ella era una mujer soltera a cargo de un niño ajeno, en una cabaña solitaria en el bosque.

–Creo que te podremos hacer sitio –afirmó ella acariciándole el cabello castaño.

Leo cerró los ojos y se recostó en el sofá sonriendo.

–Eso estaría bien.

Ella le puso la cabeza en el pecho y oyó los latidos de su corazón.

–Tal vez deberíamos esperar a ver cómo van las cosas esta noche –murmuró–. Para serte sincera, estoy desentrenada.

Leo la agarró y la puso debajo de él en el sofá. Se deslizó por su garganta besándola y colocó una pierna entre las de ella. Phoebe elevó las caderas de forma instintiva.

–No pares, por favor.

Él le agarró uno de los pezones con los dientes mojando la tela de la camiseta y del sujetador. Ella se estremeció de placer.

De pronto, Leo se echó hacia atrás mientras se reía y maldecía.

–¿Qué pasa?

–Escucha: Teddy está despierto.

Unos minutos después llamaron a la puerta. Como Phoebe estaba atendiendo al bebé, Leo saludó al hombre con una sonrisa.

–¿Qué desea?

Un vejete en mono de trabajo lo miró de arriba abajo.

–Soy Buford. Estas garrapiñadas las manda mi esposa, que sabe que son las preferidas de la señorita Phoebe, ¿hará el favor de dárselas?

Leo tomó la bolsa de papel.

–Desde luego. Está dando el biberón al niño, pero terminará enseguida. ¿Quiere entrar?

–No, gracias. ¿Es usted el que iba a alquilar la otra cabaña?

–Sí.

–Pues, cuidado con lo que hace, porque los vecinos apreciamos mucho a la señorita Phoebe.

–Entiendo.

–Será mejor que meta más leña. Esta noche va a nevar.

–¿En serio? –por el sol de la tarde se diría que estaban en primavera, en vez de en Navidad.

–Por estos parajes el tiempo cambia con rapidez.

–Gracias por el consejo, Buford.

Después de haber cerrado la puerta, Leo, como un niño travieso, abrió la bolsa y tomó tres garrapiñadas. Phoebe lo pilló con las manos en la masa.

–¿Qué es eso? –le preguntó mientras daba palmaditas a Teddy para que eructara.

–Tu amigo el granjero, Buford, acaba de estar aquí. ¿Cuántos años tiene?

–Noventa y ocho, y su mujer, noventa y siete. Nacieron aquí. La casa en la que viven la construyó él para ella al principio de la década de los treinta del siglo pasado.

–¿Es una cabaña de troncos?

–Sí, con algunos añadidos, como un cuarto de baño. Celebrarán ochenta años de casados en marzo del año que viene.

—Parece imposible.

—Ella tenía diecisiete años cuando se casaron; él, uno más.

—¡Ochenta años casados! ¿Cómo se puede durar tanto?

—Yo también me lo pregunto. Ya es difícil encontrar un matrimonio de la edad de mis padres que lleve treinta y cinco años de casados.

Leo la miró tratando de imaginársela anciana. Sería preciosa a los sesenta, e incluso a los setenta. Pero, ¿casi a los cien? ¿Una pareja podía planear pasarse el ochenta y cinco por ciento de su vida viendo la misma cara todas las mañanas a la hora de desayunar?

De todos modos, si lo pensaba bien, se imaginaba a Phoebe en esa situación. Era una mujer fuerte y con capacidad de adaptación. Y él no se veía aburriéndose con ella, con su inteligencia y su sentido del humor.

Leo nunca se había enamorado. Una buena relación requería tiempo y esfuerzo. Y hasta ese momento no había conocido a ninguna mujer que lo hiciera pensar a largo plazo.

Phoebe era otra cosa. Aunque él seguía sin entender por qué se había mudado a la montaña, estaba dispuesto a averiguarlo. Sentía una conexión con ella que iba más allá del sentido común y se le adentraba en el corazón. No tenía claro lo que quería de ella a largo plazo. Pero lo que deseaba aquella noche estaba más claro que el agua.

La deseaba ardientemente.

***

–Teddy ya ha comido y le he cambiado el pañal. Si vamos a ir a por el árbol, este es el momento.

–¿No crees que hará frío para el niño?

–Lo abrigaré bien. Vamos a prepararnos. ¿Te importa ir al cobertizo a por el hacha?

–¿Tienes hacha? –preguntó él, sorprendido.

–Pues sí. ¿Cómo, si no, íbamos a cortar un árbol?

–Pero me has dicho que no has puesto árbol de Navidad desde que viniste aquí. ¿Para qué necesitabas el hacha?

–Para hacer leña. Lo hacía antes de que llegara Teddy. Ahora no puede correr el riesgo de que me pase algo, por lo que pago a un chico para que lo haga.

–No sé si es muy inteligente estar sola y aislada. ¿Y si necesitas ayuda en una emergencia?

–Puedo llamar por teléfono. Además, los vecinos no están muy lejos.

–Pero una mujer sola es más vulnerable que un hombre.

Ella se había dicho lo mismo al principio. Dormir le había resultado difícil durante unos meses. Se imaginaba a violadores y asesinos buscando refugio en el bosque.

Al final había reconocido que vivir en la ciudad comportaba los mismos riesgos.

–Te entiendo. Ha habido noches, como la de la tormenta, en que me he replanteado la decisión de vivir aquí. Pero he decidido que los beneficios superan los inconvenientes.

Leo parecía dispuesto a rebatir sus argumentos, pero al final desistió y fue a buscar el hacha.

Capítulo Once

Era un día perfecto para una excursión. Tomaron un sendero que se adentraba en el bosque. Phoebe se había puesto a Teddy a la espalda. Leo llevaba el hacha como si no pesara nada. Parecía contento de haber salido de la cabaña e iba silbando.

El lugar en el que ella esperaba encontrar el árbol era donde se hallaba situada una antigua casa de la que solo quedaban los cimientos y la chimenea. Unas lápidas gastadas por el paso del tiempo indicaban la existencia de un modesto cementerio familiar.

Leo frunció el ceño.

—¿Esto te pertenece?

—Está dentro de mi propiedad, sí. Pero si alguien viniera a verlo, le dejaría entrar. Si hay descendientes, es probable que no sepan que está aquí.

Una de las lápidas correspondía a la tumba de un niño.

—No me imagino lo que debe ser perder a un hijo –apuntó él con expresión sombría–. Ya he comprobado lo mucho que quieren Luc y Hattie a los suyos.

—¿Quieres tener hijos? –le preguntó Phoebe al tiempo que se daba cuenta de que la respuesta era importante para ella.

—Dudo que los tenga. Me falta tiempo y, sinceramente, me da mucho miedo.

A ella se le hizo un nudo en el estómago a causa de la decepción que le había producido su negativa.

—Aún eres joven.

—Mi empresa es mi hija. Me doy por satisfecho con que con los hijos de Luc no se pierda nuestro apellido.

Phoebe no contestó y dejaron el tema. Pero ella supo que había quedado advertida. El problema era que había comenzado a tejer fantasías. Su corazón, en otro tiempo destrozado, había comenzado a recuperarse, y el resultado era que se había enamorado de Leo.

Acarició el cabello de Teddy, que se mostraba muy interesado en lo que le rodeaba. Lo quería desde el día en que nació. Pero el tiempo que habían pasado solos, y después con Leo, le había hecho un lugar definitivo en su corazón. Tener que devolvérselo a sus padres sería terrible. Trató de desechar la triste idea.

—Estoy listo. Dime qué árbol quieres.

—No seas tonto. Hay que pensarlo detenidamente.

—Con todos los que hay no creo que tengas problemas. ¿Qué te parece ese de ahí? —le pregunto señalando un cedro.

—Es demasiado pequeño y no es un abeto. Lo sabré cuando lo vea.

Leo la tomó del brazo y siguieron caminando. A pesar de las capas de ropa gruesa que llevaban, a ella le pareció sentir el calor de su mano en la piel. Se quitó los guantes y la bufanda. Se dio cuenta de que llevaba demasiada ropa. La tarde era templada, para ser un día de invierno.

—Un momento. Aquel —dijo señalando un gran abeto.

Leo, a su espalda, afirmó:

—Deseo que tengas una Navidad perfecta, Phoebe,

pero la voz de la razón me indica que te has inclinado por uno demasiado grande –le puso las manos en los hombros y la besó detrás de la oreja–. Si es el que quieres, veré qué puedo hacer.

–Gracias.

Él la apartó con suavidad y agarró el hacha.

–Apártate más, por si acaso.

Teddy se había dormido. Ella lo abrazó mientras Leo se quitaba la parka.

Era ridículo excitarse ante una demostración de fuerza, pero cuando él lanzó el primer golpe y el hacha se clavó profundamente en el tronco, Phoebe estuvo a punto de desmayarse.

Leo estaba dispuesto a hacer feliz a Phoebe. El tronco de aquel árbol no cabría en un tiesto. Ya se le ocurriría dónde ponerlo. De momento, tenía que cortarlo y arrastrarlo hasta la cabaña.

Al quinto golpe, sintió una punzada en el pecho. La sensación fue tan aguda e inesperada que vaciló un segundo, lo suficiente para que el hacha perdiera la trayectoria y no diera en el blanco, sino en una rama.

–¿Qué pasa? –le preguntó Phoebe.

–Nada –respondió él enjugándose el sudor de la frente con el dorso de la mano. Dio otros cuatro golpes certeros sabiendo que ella lo miraba. El dolor del pecho había desaparecido. Probablemente hubiera sido algo muscular.

Se detuvo antes de dar el último hachazo. La fragancia de las ramas era cautivadora y le traía recuerdos de la infancia. Se volvió hacia Phoebe.

–Me alegro de que hayas querido cortar un árbol. Recuerdo las Navidades en que suplicaba que tuviéramos un árbol de verdad, pero mi padre se negaba. Nuestros árboles artificiales eran bonitos, pero, ahora, una ráfaga de aire me ha devuelto el olor de las vacaciones de Navidad.

–Me alegro de que sea de tu agrado –afirmó ella sonriendo.

Al verla con el niño dormido en brazos, al que sujetaba la cabeza casi de forma inconsciente, una prueba más del amor que por él sentía, Leo pensó que debería tener hijos propios y un marido. La mayor parte de las mujeres de su edad intentaba formar una familia. Tal vez ella no quisiera, ya que se había ocultado al pie de una montaña.

¿Por qué una mujer inteligente y atractiva vivía aislada en una cabaña del bosque? ¿Cuánto hacía que no salía con alguien? Le parecía que nada en la vida de Phoebe tenía sentido, sobre todo cuando había reconocido que había trabajado en una profesión muy competitiva.

Dio un último hachazo al árbol y este cayó. Ella aplaudió.

–¡Bravo!

–¿Te burlas de mí?

Ella se le acercó y lo besó en la mejilla.

–En absoluto. Eres mi héroe. No podría haberlo hecho sola.

–Me alegro de haberte sido útil.

–Si cenamos pronto, podremos acabar de decorar toda la casa antes de la hora de acostarse.

–¡Vaya! Creí que teníamos planes para esa hora.

Le puso la mano en la nuca y la besó larga y lentamente, a pesar de que Teddy se hallaba entre ambos.

–Y los tenemos –susurró ella.

Ella le devolvió el beso con entusiasmo, hasta que él se estremeció y gimió.

–¡Por Dios, Phoebe!

Ella le colocó un mechón de cabello detrás de la oreja.

–¿Tiene alguna queja, señor Cavallo?

–No.

–Entonces, manos a la obra.

Leo fue tirando del abeto. Al llegar a la cabaña jadeaba del esfuerzo.

–Creo que debe pesar cincuenta kilos.

Ella esbozó una sonrisa traviesa.

–Te he visto los bíceps, por lo que estoy segura de que puedes arreglártelas sin problemas con un arbolito –abrió la puerta de entrada–. Ya he despejado un rincón al lado de la chimenea. Llámame si necesitas ayuda.

Phoebe no recordaba cuándo había sido la última vez que se había divertido tanto. Leo no se había quejado, a pesar de que cortar el gran árbol que ella había elegido no era tarea fácil. Por el contrario, parecía muy satisfecho de haberlo conseguido.

Ella utilizó sin pudor a Teddy como escudo durante el resto del día. No era que no quisiera estar a solas con Leo, sino que le crispaba sentirse tan excitada por un hombre cuando, al mismo tiempo, tenía que cuidar a un bebé.

Probablemente sería distinto si el niño fuera de los dos. Entonces, intercambiarían miradas amorosas por encima de su cabeza al recordar la noche en que lo habían engendrado. Como no era así, decidió concentrarse en entretener a su sobrino.

Por suerte, Teddy estaba de excelente humor. Jugó en su silla alta mientras ella preparaba la cena.

Leo, después de haber maldecido y haberse esforzado mucho, se declaró satisfecho con la colocación del árbol. Después de cambiar a Teddy, Phoebe sirvió la cena.

Al terminar, agarró a Teddy y se lo dio a Leo.

–¿Te importa jugar un rato con él en el sofá mientras recojo la cocina? Después adornaremos el árbol.

–Me gusta más observar a los niños –protestó él con expresión incómoda–. Creo que no les caigo bien.

–No seas tonto. Además, te ofreciste a ayudarme con Teddy. Él agarró el chaquetón.

–Buford ha dicho que esta noche va a nevar, Voy a meter más leña.

Antes de que ella pudiera abrir la boca, salió.

La alegría de Phoebe se evaporó. Quería que Leo quisiera a Teddy, lo cual era una estupidez. Además, había dejado muy claro que no quería tener hijos. Volvió a sentar a Teddy en la silla alta.

Aquella noche, ella tendría que cruzar un largo puente. Estaba preparada, pero sentía ansiedad ante el futuro. Al vivir en la montaña había aprendido a estar sola. ¿Acaso convertirse en amante de Leo haría que desparecieran los progresos que habían realizado? ¿Y cuando lo perdiera, como sin duda sucedería, volvería a hundirse?

A pesar de sus dudas, Leo era el regalo de Navidad que se haría a sí misma.

Capítulo Doce

Leo fue metiendo cinco o seis troncos en cada viaje. Se había tomado la advertencia de Buford en serio, pero la verdadera razón de que estuviera fuera era que estar en la cabaña con Phoebe era una tortura. Una cosa era decir que esperaría hasta la hora de acostarse, y otra muy distinta contenerse hasta entonces.

Cada vez que ella se inclinaba para atender al bebé o para meter algo en el horno, se le marcaban las nalgas, de tamaño perfecto para agarrarlas con las manos. El recuerdo de su senos desnudos no lo abandonaba ni un momento.

Ese día había llamado a Luc y le había explicado lo aislada que estaba la cabaña. Su nuevo teléfono llegaría a la mañana siguiente y también instalarían la conexión a Internet por satélite. Por la noche volvería a estar conectado a todos sus aparatos electrónicos. Pero aquella noche, en lo único en que pensaba era en llevarse a Phoebe a la cama.

Cuando tuvo un motón suficiente de troncos apilado frente a la puerta de entrada para agarrarlos fácilmente, tuvo que volver a entrar. Tenía la boca seca y el corazón le latía a toda prisa. Pero lo peor era la erección casi permanente. Le dolía todo de desearla.

Se dijo que estaba a punto de conseguir lo que anhelaba. Pero estaba con los nervios de punta a causa de la excitación. Phoebe sería suya. Ella misma se lo había dicho. Solo unas horas más y obtendría todo lo que deseaba.

Phoebe llevó la cuna al salón, cerca de la chimenea, frente al árbol. Esperaba que Teddy se entretuviera durante un rato jugando con sus juguetes preferidos.

Cuando Leo entró, el corazón le dio un vuelco. Se había dicho que tenía que estar tranquila y relajada, que no había necesidad de que él se diera cuenta de su estado de agitación.

En su vida había tenido relaciones íntimas con un hombre del que supiera tan poco, ni tampoco había contemplado la posibilidad de tenerlas simplemente para pasárselo bien. Tanto Leo como ella iban a aprovechar el momento y el lugar, sin mayores pretensiones de que aquello fuera a más. No habría apasionadas declaraciones de amor ni planes para el futuro.

Solo sexo.

¿Disminuía eso el valor de lo que sentía por él?

Mientras Leo se quitaba las botas y el abrigo, ella lo contempló: su mirada era la de un depredador. Sintió un escalofrío y se mordió los labios.

–Hay chocolate caliente en la cocina.

–Gracias –dijo él mientras se frotaba las manos.

Ella creía que, después de servírselo, iría a sentarse al sofá, pero se quedó en la cocina.

–Si te encargas tú de las luces, yo elegiré los adornos y los colgaré.

Él dejó la taza en el fregadero.

–¿Las luces?

–Siempre es el trabajo del hombre.

–¿Y si no hubiera ninguno disponible?

–Tendría que hacerlo yo, pero estoy segura de que el árbol no quedaría tan bonito.

Él se le acercó y agarró el primer cable.

–Ya verás lo orgulloso que te sentirás cuando hayas acabado, la satisfacción que experimentarás ante el trabajo bien hecho –añadió ella.

Él le tiró de la trenza y le rozó la nuca a propósito.

–Me falta mucho para estar satisfecho –le susurró a la oreja.

Ella cerró los ojos involuntariamente. Se sentía débil a causa del deseo. Leo tenía que saber el efecto que causaba en ella. Y a juzgar por la mueca que hizo él cuando finalmente lo miró, disfrutaba con su turbación.

–Esperar tiene su recompensa –susurró ella acariciándole el estómago y deteniéndose justo al llegar a la hebilla del cinturón.

Él tomó aire y la agarró con fuerza por los hombros.

–Phoebe…

–¿Qué? –le levantó la camiseta y lo acarició con dos dedos. Torturarlo de ese modo era más divertido de lo que imaginaba. Le apoyó la mejilla en el pecho y escuchó los latidos de su corazón.

Sintió la presión de su erección en el estómago. Llevaba mucho tiempo apartada de la riqueza de la vida por miedo a dar otro paso trágico. Pero había aprendido la lección: por muy terrible que fuera el error y por mucho que duraran sus consecuencias, el mundo seguía girando.

Tal vez Leo fuera su siguiente equivocación, pero al menos se sentía viva. Sus emociones habían comenzado a revivir con la llegada de Teddy. La de Leo había sido fortuita. Seis meses antes, ella no habría tenido el valor de actuar guiada por la atracción que sentía por él.

En aquel momento, mientras los restos de su dolor se deslizaban al pasado, sintió una inmensa alegría al percibir que la antigua Phoebe seguía viva. Había sido un largo camino.

Pero estaba dispuesta a seguir adelante. Con Leo.

Él la apartó con expresión tensa.

—Dame esas malditas luces.

Leo estaba hecho un lío. Miles de ideas le bullían en la cabeza mientras el cuerpo le dolía de deseo. Percibía que el ritual de la decoración navideña era muy importante para ella, y por eso, a pesar de su malestar físico y mental, se puso a colgar las luces en el árbol.

Phoebe, cerca de él, iba desenvolviendo los adornos y apartando los que estaban rotos. La música sonaba suavemente de fondo. Reconoció uno de los villancicos que siempre le había gustado. Pero hasta ese momento no había entendido el sencillo mensaje.

Cuando se era lo bastante rico para comprar lo que se deseara, intercambiar regalos adquiría un nuevo significado. Siempre había sido generoso con sus empleados. Y Luc y él a veces se hacían un regalo por sorpresa que demostraba cariño por el otro.

Pero no recordaba una Navidad en la que hubiera estado dispuesto a reducirla a su elemento esencial: el amor.

Trató de quitarse ese pensamiento de la cabeza. Un hombre de su edad y experiencia no podía creer en el amor a primera vista. El infarto había hecho que intentara asirse a las cosas para mantenerse a flote en un mundo que había cambiado de repente. Phoebe estaba allí. Y casi era Navidad. Y la deseaba. No había necesidad alguna de analizar la situación ni de hacerse preguntas.

Cuando acabó de colgar las luces se sentó en el sofá y se puso a mirar el contenido de una de las cajas de adornos. Abrió una cajita verde y vio, a través del plástico que lo cubría, un caballito de plata, con las palabras «primera Navidad del bebé» grabadas en la base. Y había también una fecha. Antigua. Se le hizo un nudo en el estómago. Cuando alzó la vista, Phoebe lo miraba mortalmente pálida. Él se levantó sin saber qué decir mientras barajaba varias teorías, aunque solo una tenía sentido.

Las lágrimas comenzaron a rodarle a Phoebe por las mejillas, aunque Leo estaba seguro de que no se daba cuenta. Era como si se hubiese quedado congelada, como si, percibiendo el peligro, no supiera hacia dónde correr.

Él se le acercó con los brazos extendidos.

—Phoebe, cariño, dime algo.

—Quiero verlo —susurró ella dirigiéndose a la caja.

Él se interpuso en su camino.

—Déjalo, anda. Estás temblando.

La abrazó con toda la fuerza que pudo para detener el temblor de su cuerpo.

Ella no se apoyó en él ni aceptó su consuelo. Al final, él se separó y la miró a los ojos.

95

–Voy a ponerte algo de beber.

–No –dijo ella limpiándose la nariz.

Leo se sacó un pañuelo del bolsillo y se lo dio. En ese momento, Teddy empezó a llorar.

–¡Ay, Teddy! –exclamó ella–. No te hacemos caso. Él trató de agarrar al niño.

–Tienes que sentarte, Phoebe –le dijo. Tenía la certeza de que estaba en estado de shock.

–No, no te gustan los niños. Lo haré yo.

–Nunca he dicho eso –apuntó él en voz baja, como si hablara con un animal asustado–. Deja que te ayude.

Sin hacerle caso, ella salió de la habitación con Teddy. Él la siguió hasta la habitación del niño. Nunca había visto la puerta abierta, ya que Phoebe siempre entraba en ella por la suya.

Ella dejó a Teddy en la mesa para cambiarlo. Era evidente que no sabía qué hacer.

Él agarró el pijama que colgaba de un gancho en la pared y un pañal. Apartó a Phoebe con suavidad y desnudó al niño, que le sonrió confiado.

El pañal le planteó problemas al principio, pero solo hasta que entendió cómo se colocaba. Le limpió el trasero con una toallita al tiempo que daba gracias porque el pañal solo estuviera mojado.

Ella no se había movido. Leo le puso el pijama a Teddy. Phoebe parecía no darse cuenta de nada.

Él acunó al niño en un brazo y con la otra mano hizo salir a Phoebe de la habitación.

–Tendrás que ayudarme con el biberón –murmuró él.

Ella asintió.

Al llegar a la cocina, Leo la sentó en una silla.

–¿Puedes sostenerlo? –le preguntó mirándola a los ojos.

Ella tomó al niño.

–Hay un biberón preparado –dijo ella con un murmullo de voz–. Métalo en un tazón de agua caliente dos o tres veces hasta que la leche esté templada cuando te eches unas gotas en la muñeca.

Como él se lo había visto hacer muchas veces, le resultó fácil seguir las instrucciones. Cuando el biberón estuvo listo volvió a su lado y le puso la mano en el hombro.

–¿Quieres dárselo tú o prefieres que lo haga yo?

Al cabo de unos segundos, ella se levantó bruscamente.

–Hazlo tú. Me voy a mi habitación.

–De eso nada –dijo él agarrándola por la muñeca–. Vamos a sentarnos en el sofá.

Capítulo Trece

Phoebe carecía de energía emocional para oponerse. Fue con él al salón y se sentó. Leo lo hizo a su lado con Teddy en brazos. Por suerte, el niño no protestó por el cambio. Agarró el biberón como si Leo le diera de comer todos los días.

A pesar del fuego que ardía en la chimenea, ella tenía frío. Apretó la mandíbula para que le dejaran de castañetear los dientes. Pensó en agarrar una mantita, pero sus piernas se negaron a moverse.

Tratando de distraerse miró a Leo por el rabillo del ojo. A pesar de su falta de experiencia, se estaba desenvolviendo bien. A sus pies estaban los adornos, pero no la cajita verde. Leo debía de haberla empujado debajo de la mesita de centro. Recordó perfectamente cuándo la había comprado. Después de salir de la consulta del médico, de camino al trabajo, se paró en un centro comercial a comer algo y a darse tiempo para que se le pasara la euforia.

Era septiembre, pero ya había objetos navideños en algunas tiendas. Uno le llamó la atención y lo compró.

Hasta esa noche había suprimido el recuerdo. Ni siquiera sabía que se había llevado consigo el adorno tres años antes.

Leo le pasó el brazo por los hombros y la atrajo hacia sí.

98

—Apóyate en mí.

Ella le obedeció de buena gana. Poco a poco, arrullada por el fuego y la seguridad del abrazo de Leo, cerró lo ojos. El dolor estaba al acecho, pero decidió no enfrentarse a él en ese momento. Pensaba que la herida había cicatrizado, que todos los aspectos oscuros de su vida habían desaparecido al irse a vivir al bosque.

Tal vez debido a que había disfrutado tanto esa tarde, verse de vuelta a un pasado que no quería recordar le había resultado tan doloroso.

Teddy acabó de tomarse el biberón.

—¿Te parece bien que lo acueste?

—Lo haré yo.

—No te muevas —dijo él apretándole la mano—. Vuelvo enseguida.

Cuando lo hizo, ella apenas lo notó. Leo estuvo trajinando en la cocina y regresó al poco con dos tazas de leche con cacao.

Se sentó a su lado y le sonrió. Ella pensó, con pesar, que había arruinado la noche sexy y divertida que habían planeado.

Leo parecía impasible. Se recostó en el sofá y puso los pies en la mesita de centro.

—Cuando estés lista, Phoebe, quiero que me lo cuentes.

Ella asintió. Ni siquiera su hermana sabía todos los detalles. Cuando sucedió lo impensable, se sumergió en un mar de dolor del que no supo emerger. Al final, esperó hasta que las olas se retiraron, y la paz sustituyó al dolor. Pero era evidente, a juzgar por lo sucedido, que esa paz era frágil, en el mejor de los casos. Le quedaba mucho camino por andar.

Leo se levantó para avivar el fuego. Cuando se sentó echó por encima de los dos una mantita de lana. La palpó y frunció la nariz.

–Debiéramos arrojarla al fuego. Podría regalarte una mucho más bonita.

–Lo anotaré en mi lista de Navidad –ella consiguió esbozar una sonrisa–. Siento haberme puesto así.

–Todos tenemos derecho, de vez en cuando.

Su respuesta le alivió parte de la vergüenza. Leo estaba demostrando mucha paciencia.

–Te debo una explicación.

–No me debes nada, pero ayuda hablar de ello. Lo sé por experiencia. Cuando nuestros padres se mataron, mi abuelo fue sensato y nos mandó a un psicólogo porque sabía que debíamos dar salida a nuestros sentimientos.

–¿Os sirvió de algo?

–Con el paso del tiempo. Estábamos en una edad muy vulnerable; no éramos hombres, pero tampoco niños. Era difícil reconocer que nuestro mundo se había hundido –Leo la tomó de la mano y se la llevó a los labios–. ¿Fue eso lo que te pasó a ti?

A ella se le llenaron los ojos de lágrimas, no por lo triste que estaba, sino por la empatía y comprensión de Leo.

–Podría decirse así.

–Háblame del bebé.

–Empezaré por el principio, si no te importa.

Él volvió a besarle la mano y se la llevó al pecho.

–Te había dicho que era agente de bolsa en Charlotte.

–Sí.

–Y se me daba muy bien mi trabajo. Éramos media

docena, y la competencia era feroz. A la gente le gustaba trabajar conmigo porque hacía que no se sintiera estúpida o carente de información sobre su dinero. Teníamos un puñado de clientes muy ricos que no tenían tiempo ni ganas de incrementar su fortuna, así que nosotros lo hacíamos por ellos.

–Me cuesta conciliar esa imagen de ti con la de la mujer que hace su propio pan.

Ella rio.

–Entiendo tu confusión. Por entonces solo me preocupaba progresar en mi profesión. Estaba decidida a triunfar y a no tener problemas económicos.

–Puede que porque la pérdida de tus padres hiciera que te sintieras insegura en muchos otros aspectos.

–Deberías abrir una consulta –le aconsejó ella, impresionada por la intuición que demostraban sus comentarios–. Estoy segura de que la gente pagaría por oír tus análisis.

–¿Te estás poniendo sarcástica?

–En absoluto.

–No me resulta difícil. Tú y yo tenemos en común mucho más de lo que creemos por el hecho de haber perdido a nuestros padres antes de llegar a la edad adulta y no contar con su apoyo para efectuar esa transición. Pero hay algo más, ¿verdad?

Ella asintió.

–Tenía un novio con el que me iba a casar, otro agente. Competíamos entre los dos por ver quién tenía más éxito en el trabajo. Creía que formábamos un equipo tanto profesional como personalmente, pero resultó que era una ingenua.

–¿Qué pasó?

Ella respiró hondo.

—Habíamos planeado casarnos al año siguiente, sin fecha concreta. A principios del otoño me quedé embarazada.

—Supongo que no lo habíais planeado.

—Claro que no. Ser madre era, para mí, algo que sucedería en un futuro muy lejano. Pero Rick, así se llamaba, y yo, una vez repuestos del susto, comenzamos a alegrarnos de aquello. Estábamos asustados, desde luego, pero contentos.

—¿Fijasteis la fecha de la boda?

—Al principio, no. Decidimos esperar un poco hasta conocer el sexo del bebé para decírselo a nuestros compañeros de trabajo. Creí que todo iba bien, pero, entonces, Rick comenzó a lanzarme indirectas sobre la necesidad de que dejara de trabajar.

—¿Por qué? No era un trabajo exigente desde el punto de vista físico.

—No, pero él insistía en lo estresante que resultaba, en que las muchas horas podían afectar al bebé. Al principio, estaba confundida, ya que yo no veía ningún problema.

—¿Y lo había?

—No el que trataba de hacerme creer. La realidad era que Rick sabía que podía llegar a ser el número uno en la empresa si yo dejaba de trabajar. E incluso cuando volviera después de la baja por maternidad, él habría progresado tanto que no podría alcanzarle.

—Vaya.

—Fue como recibir una bofetada. Nos peleamos y me acusó de ser demasiado ambiciosa. Yo le dije que era un machista, y a partir de ahí, la cosa degeneró.

–¿Le devolviste el anillo?

–¿Cómo iba a hacerlo? Aunque supiera que mi prometido era un imbécil, seguía siendo el padre de mi hijo. Decidí que no tenía más remedio que intentar que la relación funcionase. Pero, a pesar de mis intentos, las cosas empeoraron.

–¿Abortaste?

Ella tragó saliva y comenzó a temblar de nuevo.

–No, quería tenerlo, a pesar de todo. Estaba embarazada de tres meses y medio, y entonces...

Leo le acarició el hombro.

–¿Qué pasó?

–Un día comencé a sangrar mucho en el trabajo. Me llevaron al hospital a toda prisa, pero perdí al bebé. Tumbada en la cama, mientras me acariciaba el vientre vacío, lo único que pensaba era que Rick tenía razón.

–Eras joven y estabas sana. No se me ocurre razón alguna para que no hubieras seguido trabajando.

–Eso fue lo que me dijo el médico. Trató de tranquilizarme, pero yo estaba histérica. Me dijeron que el bebé no estaba bien y que el embarazo no hubiera llegado a su término.

Leo se la puso en el regazo y le colocó la mejilla contra su pecho. La abrazó estrechamente para comunicarle, sin palabras, su compasión y su deseo de consolarla.

–Lo siento, Phoebe.

–Mucha gente pierde un bebé –afirmó ella encogiéndose de hombros.

–Pero, normalmente, no pierde a su prometido al mismo tiempo. Tú lo perdiste todo, y por eso viniste aquí.

–Sí. Fui cobarde y no pude soportar la compasión

de las miradas ajenas. Y como Rick seguía en la empresa, no podía continuar trabajando allí. A mi jefe no le hizo ninguna gracia. Creo que hubiese preferido despedir a Rick y conservarme a mí, pero no puedes echar a alguien por ser un canalla egoísta.

—Yo lo hubiera hecho. Tu jefe no debería haber sido tan débil. Trabajabas bien, Phoebe. Si te hubieras quedado, probablemente te habrías recuperado antes de la pérdida. Trabajar te hubiera distraído.

—El caso es que tengo dudas al respecto. Tenía todas las papeletas para convertirme en una adicta al trabajo. Y aunque el médico me dijo que no había hecho nada malo, me parecía que había traicionado a mi hijo por no dejar de trabajar.

—Eso es completamente irracional. Eras una mujer sin responsabilidades familiares y con una carrera en alza. Las pioneras feministas lucharon durante décadas para que te hallaras donde estabas.

—Sin embargo, seguimos debatiéndonos entre ser madres y quedarnos en casa o serlo y trabajar.

—En eso tienes razón. Aunque, en realidad, supongo que las mujeres trabajan por muchos motivos: por sentirse realizadas, porque les gusta o, simplemente, porque tienen que comer.

—Pero se trata de buscar el equilibrio, y yo no tenía ninguno. No es verdad que las mujeres podamos tenerlo todo. En la vida hay que elegir. El día solo tiene veinticuatro horas. Así que si no aprendo a dedicar justo el tiempo adecuado al trabajo, pero no más, no sé si podré volver a trabajar.

—¿En serio crees que no volverás, a pesar de tu talento para las finanzas y para relacionarte con la gente?

—Me gustaría formar una familia algún día. Y lo que es más importante, estar en paz y contenta con mi vida. ¿Acaso me equivoco?

—¿Y cómo vas a hacerlo escondiéndote?

—No sé si estoy preparada. Aunque parezca un cliché, estoy intentado buscarme a mí misma.

—Todos tenemos que vivir en el mundo real. La mayor parte de las lecciones que he aprendido han derivado de un fracaso.

—Pues resulta deprimente.

—En absoluto. Tienes que volver a confiar en ti misma.

—¿Y si me derrumbo?

—Tendrás que volver a levantarte y empezar de nuevo. Tienes más capacidad de recuperación de la que crees.

Capítulo Catorce

A Leo le inquietó el autoanálisis que había llevado a cabo Phoebe porque demostraba que era mucho más valiente que él a la hora de enfrentarse a verdades dolorosas. Pero creía que le faltaba una perspectiva más amplia.

Había tenido suerte de contar con recursos económicos para pagarse su largo periodo sabático, pero, al final, ¿cómo iba a saber que había llegado el momento de dejar la montaña? ¿Y si decidía quedarse? Había demostrado que era independiente, y en sus ojos y en su hogar reinaba la paz. ¿Implicaba eso que pensaba que no hallaría la felicidad y que no formaría una familia en ningún otro sitio salvo allí?

Jugueteó con su cabello y le quitó la goma que le sujetaba la trenza para deshacérsela. Tenerla abrazada como amigo, no como amante, le resultaba difícil.

Phoebe creía que había sido cobarde, pero eso distaba mucho de la verdad. A pesar de estar en la cima de su carrera, había querido tener el bebé que amenazaba con cambiarle la vida. Y después de saber que su prometido no era quien creía, había estado dispuesta a que la relación funcionara para ser una familia.

Leo la admiraba profundamente.

Phoebe tenía los ojos cerrados y respiraba de manera regular. Había sido un día largo, atareado y de alto contenido emocional para ella. A pesar de que Teddy estuviera profundamente dormido, no estaba en condiciones de iniciar una relación sexual con un nuevo compañero. Tal vez si hubieran llevado un tiempo como pareja, él podría haber utilizado el sexo para tranquilizarla y consolarla.

Se levantó con la intención de llevarla a su habitación. Ella se removió y abrió los ojos.

—¿Qué haces?

—Tienes que acostarte. Sola —le aclaró por si ella dudaba de sus intenciones.

Ella negó con la cabeza.

—Quiero dormir aquí para ver el árbol. Me quedaré con el intercomunicador. Vete a la cama.

Él frotó su nariz con la de ella al tiempo que resistía la tentación de besarla.

—No, me quedaré contigo.

La dejó en el suelo y fue a su habitación a por mantas y una almohada. La piel de oso frente a la chimenea les serviría de cama. Se lavó los dientes y se puso los pantalones del pijama y una bata.

Cuando volvió al salón, ella había hecho lo mismo. En vez del pijama habitual, como esa noche hacía mucho frío, se había puesto un grueso camisón de franela de cuello alto y cerrado, con el que parecía recién salida de las páginas de *La casa de la pradera*.

La prenda, pasada de moda, debería conferirle un aspecto tan poco sexual como el de una monja. Pero con la melena suelta y sus ojos oscuros y aún enrojecidos, lo único que a Leo se le ocurrió fue si llevaría braguitas bajo aquella fortaleza.

—No tienes que quedarte conmigo. Estoy bien.

–¿Y si quiero quedarme?

Ella apretó una almohada contra su pecho y se humedeció los labios con la lengua.

–Has sido muy cariñoso conmigo, Leo. Lamento que la noche no haya salido como planeábamos, pero tal vez sea mejor así. Puede que estuviéramos apresurándonos.

–¿No me deseas?

–Sí, claro que te deseo. Creo que es evidente, pero no estamos…

Él le quitó la almohada y la abrazó.

–Solo un estúpido te presionaría ahora, después de lo que ha pasado. Pero ten por seguro que serás mía, por mucho que tenga que esperar.

Le acarició la espalda y le agarró de las caderas para atraerla hacia sí, al tiempo que se daba cuenta de que no llevaba ropa interior.

Si hubiese detectado una mínima resistencia por parte de ella, la habría soltado. Pero se derritió en sus brazos. Para su sorpresa, ella le abrió la bata y le puso la mano sobre el pecho desnudo. Se excitó en cuestión de segundos. Intentó decir algo, pero no le salió la voz. Además, estaba seguro de que si hablaba, las palabras no serían las correctas.

La mano de Phoebe se detuvo en su corazón. Él tragó saliva. No había manera de que ella no se diera cuenta de lo excitado que estaba, a pesar del camisón.

Ella lanzó un profundo suspiro.

–Deberías irte a tu habitación. El suelo es duro –susurró.

–Me las arreglaré.

Se apartó de ella, añadió troncos al fuego y preparó

la improvisada cama. Por el rabillo del ojo vio que ella ponía su almohada y las mantas en el sofá. Cuando se sentó, se quitó las zapatillas y subió las piernas, él le vio los muslos.

Le hubiera venido bien un whisky, pero lo más fuerte que había en la nevera de Phoebe era cerveza. Sin hacer ruido, apagó todas las luces de la cabaña hasta que el salón solo quedó iluminado por el resplandor del fuego y las luces del árbol.

Comprobó que la puerta estuviera cerrada con llave y, sin poder hacer nada más, se volvió de mala gana a contemplar la escena que el amor de Phoebe por la Navidad había creado: una escena hogareña, de paz y comodidad. ¿Le había resultado alguna vez tan atractivo su ático de Atlanta?

Ella tenía los ojos cerrados y la palma de la mano debajo de la mejilla. No sabía si estaba dormida. Tal vez estuviera disfrutando del sonido del fuego o del olor del árbol.

La fatiga, por fin, pudo más que la lujuria y lo impulsó a dormir. Se metió en la cama frente a la chimenea. No era el lecho de un hotel de lujo, pero, esa noche, no lo hubiera cambiado por ningún otro. Al cabo de cinco minutos tuvo calor, por lo que se quitó la bata y la echó a un lado.

Si un mes antes le hubiera dicho que estaría tumbado en el suelo, peligrosamente próximo a una fascinante mujer a la que deseaba con desesperación, se hubiera reído. También hubiera reaccionado igual si le hubieran dicho que tendría un ataque cardiaco a los treinta y seis años.

Debía contarle a Phoebe la razón de su estancia en

la montaña. Ella le había desnudado su alma. Tal vez al día siguiente encontrara la ocasión de hacerlo. La idea lo inquietó. Odiaba reconocer su debilidad. Pero no iba a dejar que su orgullo se interpusiera en la relación con una mujer a la que respetaba tanto como deseaba.

Buscó una postura cómoda. Con Phoebe en la misma habitación, ni siquiera tenía la posibilidad de aliviarse a sí mismo sexualmente. Le pareció que transcurrían horas antes de quedarse dormido.

Phoebe se despertó bruscamente, con el corazón latiéndole a toda velocidad debido a un sueño que no recordaba. Tardó unos segundos en darse cuenta de dónde estaba.

El reloj de la pared le indicó que eran las dos de la mañana. El fuego ardía con fuerza, por lo que Leo debía de haberlo avivado hacía poco. La habitación estaba caliente. A pesar de la cama y la hora, se sentía descansada y sin sueño.

Alzó la cabeza unos centímetros y vio a Leo tumbado de espaldas con un brazo extendido y el otro tapándose los ojos.

Tenía el pecho desnudo, con los músculos bien marcados: el sueño de cualquier escultor.

La invadió una oleada de excitación que barrió su tristeza anterior. Sintió humedad entre los muslos. Estaba dispuesta para que Leo la hiciera suya. Pero él no intentaría nada, debido a lo sucedido horas antes.

Lo que implicaba que era ella la que debía tomar la iniciativa.

Deseaba a Leo. La fuerza de su deseo la hacía temblar. Hacía siglos que no sentía interés por un hombre, y muchos más que no prestaba atención a los deseos de su cuerpo.

Era una estupidez perder aquella oportunidad que tal vez no volviera a producirse. Leo no solo era físicamente atractivo, sino también un hombre fascinante y complejo. La atraía con una fuerza inesperada. Había cosas en la vida que eran inexplicables. En su antigua vida, muchas veces se había dejado guiar por corazonadas. Y nueve de cada diez veces había acertado.

Con Leo pudiera ser que la probabilidad no fuera tan alta y que acabara con el corazón destrozado. Pero en aquel momento, estaba dispuesta a arriesgarse.

Era hora de enfrentarse a la vida y ser valiente.

Se quitó el camisón, se arrodilló al lado de Leo y se quedó maravillada observando la belleza de su cuerpo. El pantalón del pijama le llegaba por debajo del ombligo y las mantas le ocultaban el sexo.

¿Acaso la rechazaría basándose en que era un mal momento? ¿O su deseo sería tan intenso como el de ella? ¿La desearía lo suficiente para no hacer caso de las señales de advertencia de una posible catástrofe?

Solo había una manera de averiguarlo. Metió la mano por debajo de la manta y comenzó a acariciarle el sexo. Apenas lo hizo comenzó a crecer y a endurecerse.

Capítulo Quince

Leo estaba teniendo un sueño increíble. Phoebe lo acariciaba íntimamente con una mano mientras que, con la otra, le acariciaba el pecho, jugueteaba con el ombligo y le rozaba los pezones con el pulgar. Gimió, pero no se movió para no destruir la ilusión.

Sintió que ella se inclinaba sobre él y que su cabello le rozaba el pecho, los hombros y el rostro mientras buscaba su boca para mordisquearle el labio inferior.

Él se estremeció y se excitó de tal manera que apenas podía respirar. El corazón le latía a toda velocidad, y tuvo miedo. No había tenido sexo desde el infarto. A pesar de lo que le habían dicho los médicos, no estaba seguro de lo que sucedería. ¿Acabaría con él?

Pero aquello era un sueño. Nada importaba, salvo aferrarse a la fantasía erótica y disfrutarla hasta el final.

Sintió que Phoebe le bajaba y quitaba los pantalones. Un segundo después estaba de rodillas a horcajadas sobre él, que la agarró de un muslo y tiró de él hasta que la pierna le pasó por encima del hombro, para darle placer con la boca. Cuando puso la lengua en el centro de su feminidad, pasó en un instante del sueño a la realidad. El dulce y caliente sabor del sexo de ella era auténtico.

La agarró por las nalgas para sujetarla mientras su cerebro trataba de entender lo que sucedía.

—¿Phoebe?

Abrió los ojos y contempló unos hermosos senos, medio ocultos por la melena negra, y unas caderas que acababan en una estrecha cintura.

Ella lo miró con recelo y se humedeció los labios con la lengua. Era evidente que se sentía insegura.

—No te lo he pedido —dijo con aire contrito.

—No importa, cariño. Ningún hombre hubiera puesto objeciones. Pero deberías haberme despertado antes. No quiero perderme nada.

Le encantó que hubiera tomado la iniciativa, porque le indicó que el deseo era mutuo. Le acarició con el dedo la húmeda ranura rosada. Al concentrarse en un punto, ella gimió.

Le introdujo dos dedos. Tuvo que reprimir la urgencia de poseerla de forma salvaje e inmediata para proporcionar lentamente placer a aquel ser exquisito, hasta llevarla al extremo de excitación en el que él mismo se hallaba.

—Recógete el pelo —dijo él.

Phoebe alzó los brazos y lo obedeció.

—Agárrate las manos por detrás de la espalda.

Ella vaciló durante unos segundos, pero lo hizo, lo cual lo llenó de júbilo: era suya.

Mientras le observaba el rostro, jugó con su sexo alternando caricias leves y firmes. Sin quitar el pulgar del botón que era el centro de su placer, le introdujo tres dedos.

Phoebe alcanzó el clímax inmediatamente con un grito. Él sintió cómo apretaba los músculos internos. Al imaginarse cómo sería cuando fuera su miembro el que estuviera dentro, Leo se mareó.

Se sentó, colocó a Phoebe en su regazo y la abrazó estrechamente. Después la soltó y buscó su rostro.

–No creas que hemos acabado. Eso solo ha sido un corto preludio. Me voy a dedicar a volverte loca de placer.

Ella sonrió.

–¿Puedo hacerte una pregunta, Phoebe?

–Pregunta lo que quieras –dijo ella apoyando la frente en su hombro.

–Voy a buscar preservativos. ¿Cambiarás de idea mientras lo hago?

–No.

–Y si Teddy se despierta de forma inoportuna, ¿te servirá de excusa para que paremos?

Ella alzó la cabeza y lo miró a los ojos.

–Si pasa eso, lo volveremos a dormir y lo retomaremos donde lo hayamos dejado.

–Muy bien.

Leo se dijo que tenía que levantarse para ir a buscar la protección que le permitiría tomarla como deseaba. Pero estar con ella así era muy dulce. No recordaba una sensación similar con ninguna de sus amantes, esa mezcla de deseo y abrumadora ternura.

–¿Quieres que vaya yo a por ellos? –le preguntó ella.

–No, dame un minuto.

El fuego estaba a punto de extinguirse, por lo que también tenía que ocuparse de eso.

Ella le buscó el sexo y tiró suavemente de él, lo cual fue más de lo que él pudo soportar. La piel de la punta estaba tensa y húmeda del líquido que había expulsado a causa de la excitación.

Ella le masajeó son suavidad la parte menos rígida.

—¡No hagas eso, por Dios! —gritó él.

Demasiado tarde. Alcanzó un clímax violento que hizo que se abrazara a ella y estuviera a punto de partirle las costillas mientras gemía y se estremecía.

Ella se echó a reír.

—Creo que sería mejor que lo dejáramos aquí. No creo que puedas llegar ni siquiera al vestíbulo.

Él le pellizcó las nalgas mientras trataba de respirar.

—¡Qué desfachatez la tuya!

—Debería haber pensado en todas las posibles consecuencias antes de asaltarte.

—Estabas deseándolo —afirmó él apretándole las nalgas.

Ella se separó de él y se echó una manta sobre los hombros.

—Ve, Leo. Date prisa, Tengo frío.

Él se levantó. Echó un par de troncos a la chimenea y removió las ascuas hasta que prendieron.

—No te vayas. Vuelvo enseguida.

Phoebe lo miró mientras se iba. Leo, desnudo, era una vista espectacular. De espaldas también era impresionante. Incluso los pies eran sexys.

A pesar de todo lo que habían hecho, ella seguía excitada. Aún no se creía que lo hubiera asaltado, desnuda, mientras dormía. Era algo que hubiera hecho la antigua Phoebe solo si el hombre hubiera sido Leo.

Estiró las sábanas y las mantas. Se sentía un poco avergonzada. Había visto el tamaño del sexo de Leo.

Al preguntarse cómo encajarían uno en el otro, se le endurecieron los pezones.

El volvió rápidamente con una ristra de preservativos colgándole de la mano.

—No creo que la noche vaya a ser tan larga —observó ella.

Él se sentó a su lado y le mordió el hombro.

—Confía en mí, cariño. Creo que la primera vez lo haremos de la forma tradicional y luego iremos variando de postura.

Le agarró los senos, y ella cerró los ojos.

—Mírame, Phoebe.

Ella lo hizo.

—Te estoy mirando. ¿Qué debo ver?

La intensidad de la mirada masculina la excitó y agitó.

Él la tumbó sin previo aviso. En vez de contestar a su pregunta, pasó a la acción. Se arrodilló entre sus muslos, sacó un preservativo de su envoltorio con los dientes y, asegurándose de que ella lo miraba, se lo puso haciendo una mueca de dolor.

Ella dudaba que hubiera deseado que viera eso, pero la prueba de su excitación la encendió. Leo estaba sufriendo por ella. La deseaba tanto que le temblaban las manos, lo cual implicaba que era más vulnerable de lo que había imaginado. Y eso la tranquilizó.

Le agarró de la muñeca.

—Dime lo que vas a hacer —susurró ella mientras él colocaba su sexo frente a la abertura femenina.

Él no sonrió. Su rostro expresaba lo que le costaba mantener el control.

—Voy a elevarte al cielo, cariño, y a traerte de vuelta.

116

Ante la primera embestida, a ella se le cortó la respiración. Su cuerpo se tensó para acoger el de Leo. Aunque ella estaba más que dispuesta, llevaba célibe mucho tiempo, y Leo era un hombre grande.

Él se detuvo.

—¿Es demasiado? —le preguntó con voz ronca.

—No —ella se concentró en relajarse—. Lo quiero todo de ti.

Él se estremeció y fue abriéndose paso en el interior de ella. Phoebe sintió su penetración en cada centímetro del corazón. En ese instante supo que se había estado engañando, que Leo era más que una aventura, que era el hombre que podía hacer que volviera a vivir.

Cuando la hubo penetrado por completo, le dijo:

—No quiero hacerte daño.

—Entonces, no pares.

Capítulo Dieciséis

Leo había perdido el control. Era consciente, pero Phoebe se arqueaba contra él y lo recibía un centímetro más adentro en cada embestida.

Había enlazado las piernas a su cintura. Su cabello negro se extendía alrededor de ambos. En un momento dado, él ocultó el rostro en él al tiempo que detenía sus movimientos frenéticos con la esperanza de retrasar la culminación.

Ella le clavó las uñas en la espalda al tiempo que gritaba su nombre, lo cual aumentó aún más su excitación. Pero nada lo había preparado para el clímax de ella y su forma de agarrarlo con los músculos internos y soltarlo después, al desmoronarse. Él la abrazó con fuerza.

Cuando se dio cuenta de que había acabado, se volvió loco. La embistió sin delicadeza hasta estallar. El corazón estuvo a punto de salírsele por la boca.

Apenas consciente, trató de apartarse de ella para no hacerle daño con su peso. Había llegado al clímax dos veces seguidas en cuestión de segundos, pero, por increíble que le pareciera, la seguía deseando.

Phoebe se removió inquieta.

—Deberíamos dormir un rato —dijo con una voz apenas audible.

Él rodó para tumbarse de lado. Ella le daba la espalda. La abrazó con un murmullo de satisfacción. Aunque las nalgas femeninas le presionaban el sexo, apenas se excitó. El deseo que sentía era más que físico.

Ella apoyó la cabeza en su brazo, a modo de almohada, y él se durmió.

Cuando se despertó, estaba solo. El sol entraba por las esquinas de las cortinas. Y aunque el fuego se había apagado hacía rato, tenía calor.

Se sentó en la improvisada cama con un gemido, pues tenía los músculos doloridos tras una noche de excesos carnales. Al pensarlo se excitó. Maldijo para sí, pues sabía que una repetición de la noche anterior tardaría horas en producirse.

Vio que la cafetera estaba en la encimera de la cocina. Se levantó, se puso la bata y fue a tomarse un café.

Después de dos tazas, buscó a su anfitriona. La halló en su cama con Teddy, al que le leía un cuento. Ella se incorporó al verlo y le sonrió con cierta reserva.

–Espero que no te hayamos despertado.

–No he oído nada. ¿Hace mucho que te has levantado?

–Hace una hora, más o menos. Le he dado aquí el biberón.

Hablaban como dos desconocidos.

Él se sentó en el borde de la cama y la tomó de la mano.

–Buenos días, Phoebe.

–Buenos días –contestó ella poniéndose colorada.

Él la atrajo hacia sí y la besó.

–¿Has mirado por la ventana? –preguntó ella.

–No, ¿por qué? ¿Ha nevado?

–Sí, hay varios centímetros de nieve. El nieto de Buford despejará el camino a media mañana. Sé que estás esperando algunos paquetes.

Leo se sorprendió al darse cuenta de que llevaba horas sin consultar el correo electrónico en el móvil de Phoebe; ni siquiera había mandado a su hermano un mensaje. No recordaba haber estado nunca tanto tiempo desconectado. Con Phoebe, apartado del mundo, había comenzado a aceptar de forma gradual la ausencia de tecnología como algo habitual.

Frunció el ceño porque no sabía si le hacía mucha gracia que ella lo hubiera llevado a su terreno en cuestión de días.

Era el sexo, eso era todo. Se había distraído de forma placentera.

La soltó con una sonrisa para ocultar su inquietud.

–Voy a ducharme. Puedo jugar con el niño después.

Cuando los dos ya se habían duchado y vestido, se oyó el ruido de un tractor. El camino pronto estuvo despejado, y comenzaron a llegar vehículos: el primero para establecer la conexión a Internet por satélite; después llegó el que llevaba su teléfono móvil; y por último, una camioneta con trabajadores para ocuparse de la cabaña dañada.

Como el árbol ya se había retirado, empezaron a sacar todo lo que se podía aprovechar para almacenarlo hasta que se hubieran efectuado las reparaciones. Inmediatamente después de desayunar, Leo salió a coordinar el trabajo y a dar instrucciones. Phoebe no sabía qué habría hecho sin su ayuda. De no ser por Teddy, se las hubiera arreglado sola, pero cuidar al bebé y ocuparse de los daños causados por la tormenta hubiera sido muy difícil.

Después de recoger la cocina, sacó al niño de la silla alta y lo llevó a ver el árbol.

–¿Ves lo que hemos hecho Leo y yo, Teddy? ¿A que es bonito?

Media hora después acostaría al niño, cuyos ojos ya comenzaban a cerrársele. Ella intentaría dormir algo también, después de los excesos de la noche anterior. Al pensar en Leo sintió un cosquilleo en todo el cuerpo, como una quinceañera que fuera a ir a bailar con su último enamorado.

Ni siquiera en los mejores tiempos con su prometido había sido así el sexo. Leo se había dedicado a darle placer. Su cuerpo estaba sensibilizado, lleno de energía y ansioso por repetir la experiencia.

Deambuló por el salón con Teddy en brazos tarareando villancicos. Hacía tiempo que no se sentía tan feliz.

Llamaron a la puerta. Antes de que pudiera reaccionar, se abrió y asomó por ella una cara conocida.

–¡Dana! –exclamó Phoebe mirando a su hermana, sorprendida–. ¿Qué pasa? ¿Por qué has venido?

Leo volvió corriendo a la cabaña. Se moría de hambre, pero, sobre todo, quería ver a Phoebe. Cuando entró a toda prisa se detuvo al darse cuenta inmediatamente de que se hallaba ante una tensa situación. Había visto un coche fuera, pero no le había prestado mucha atención porque creyó que sería de uno de los trabajadores.

Miró a Phoebe a los ojos, que durante una fracción

de segundo le pareció angustiada. Pero su rostro adoptó inmediatamente su expresión habitual y le sonrió.

–Llegas justo a tiempo. Dana, mi hermana, ha llegado inesperadamente. Dana, este es Leo.

Se estrecharon la mano. Dana era una versión más baja y redonda de su hermana. Parecía agotada y al borde de las lágrimas.

–¿Qué haces aquí, Dana? ¿Por qué no me has avisado de que venías? Te hubiera ido a recoger al aeropuerto. Parece que llevas horas sin dormir.

Dana se dejó caer en el sofá y rompió a llorar.

–Porque sabía que tratarías de disuadirme –dijo sollozando–. Sé que es una estupidez. Me he pasado un montón de horas en un avión, y a las dos tengo que tomar el de vuelta, pero no podía pasar la Navidad sin mi niño. Creí que podría, pero no es así.

Phoebe se sentó al lado de su hermana.

–Claro que no puedes. Lo entiendo. Sécate las lágrimas y llévate a tu hijo.

Le entregó el niño a su madre como si fuera lo más natural del mundo. Pero Leo sabía que tenía el corazón desgarrado.

Dana abrazó y besó al bebé con una expresión en el rostro que hubiera conmovido al más endurecido de los mortales.

–Hemos encontrado a una mujer en el pueblo que habla un poco de inglés y que va a cuidarlo mientras trabajamos.

–¿Cómo van las cosas con la herencia de tu suegro?

Dana hizo una mueca.

–Mucho peor de lo que esperábamos. Nos está resultando muy estresante. La casa está llena de cosas, la mayoría para tirar a la basura, pero debemos ir revisando una a una para no deshacernos de nada valioso. Sé que no tiene sentido llevarme a Teddy allí, pero, si estoy con él desde media tarde y puedo verle durante las pausas que hagamos, me sentiré mucho mejor.

Phoebe asintió.

—Desde luego.

Dana la agarró de la muñeca.

—No sabes cuánto te queremos y lo que te agradecemos todo lo que has hecho por Teddy. Tengo reservado otro billete por si quieres venir conmigo ahora, o dentro de un par de días. No quiero que pases sola la Navidad, sobre todo porque es la época del año en que perdiste… —se llevó la mano a la boca con expresión horrorizada—. Lo siento, cariño. Estoy agotada y no sé lo que digo. No era mi intención recordártelo.

Phoebe le pasó el brazo por el hombro y la besó.

—Respira hondo, Dana. No pasa nada. Si tienes tan poco tiempo, vamos a hacer la maleta de Teddy. Dormirá en el coche mientras conduces de vuelta al aeropuerto.

Phoebe se apoyó en la pared del vestíbulo y cerró los ojos, con una sonrisa congelada, que no engañó a Leo. Estaba preocupada, pero lo importante era que Dana no se diera cuenta de lo que su inesperada llegada había supuesto para los planes que tenía para Navidad.

En menos de una hora, su hermana llegó y se marchó con Teddy, dejando tras de sí un doloroso silencio. Las únicas cosas de Teddy que se quedaron en la cabaña fueron la silla alta y los muebles de su habitación. Sin decir nada, Leo agarró la silla, la llevó al dormitorio y cerró la puerta. Phoebe lo observó con el corazón destrozado.

Cuando él volvió, ella se abrazó a sí misma. Su desánimo era patente.

—Ya sabía que no era mi hijo.

—Desde luego.

No deseaba la compasión de Leo.

—No seas amable conmigo, me vendré abajo.

Él sonrió, la tomó en sus brazos y apoyó la mejilla en su cabeza.

—Estoy muy orgulloso de ti.

—¿Por qué?

—Por ser tan buena hermana y tía; por no haber hecho que Dana se sintiera culpable; por haber hecho lo que había que hacer.

—Estaba deseando que llegara el día de Navidad —susurró ella—. Tenía envueltos todos los regalos de Teddy.

Se aferró a Leo, y su cálido abrazo fue un bálsamo para su aflicción.

Él le apretó los hombros.

—Tengo una idea para animarte.

—Te escucho —respondió ella separándose un poco para mirarlo.

Leo le secó las lágrimas con los pulgares.

—Te propongo un viaje.

—Pero si acabas de llegar.

Él la condujo al sofá, se sentaron y la atrajo hacia sí.

—Déjame que te lo explique antes de interrumpirme.

—Muy bien.

–Me habías preguntado qué planes tenía para Navidad. Estaba prácticamente decidido a pasarla aquí, con Teddy y contigo, aunque me sentía un poco triste y culpable por perderme ciertas cosas en Atlanta. Este fin de semana se celebra la gran fiesta de Navidad que la empresa Cavallo ofrece a sus empleados y a sus familias. La hacemos en casa de Luc. Me gustaría que fuéramos juntos.

Ella fue a decir algo, pero él le puso el dedo en la boca.

–Déjame acabar.

–Tengo un amigo mayor que yo que se jubiló hace diez años, pero que se mantiene activo. De vez en cuando, cuando lo necesito, me hace algún trabajo. Sé que le encantaría venir aquí para supervisar las obras en la cabaña. Confío plenamente en él. Podría alojarse en mi habitación, si te parece bien. ¿Qué opinas?

–¿Ya puedo hablar? –preguntó ella dándole con el puño en las costillas.

–Te doy permiso.

–¿Y dónde me alojaría yo?

–Esperaba que en mi casa. Pero te puedo buscar un buen hotel, si es lo que prefieres.

Ella se le sentó en el regazo y lo agarró por los hombros.

–¿Y todos los adornos y el árbol?

Él frunció los labios.

–Podemos hacer lo mismo en mi casa. Te gusta poner adornos. Pero también he pensado que podríamos volver, los dos solos, a pasar la Nochebuena aquí. Sé que no será lo mismo sin Teddy, así que, si no te parece buena idea, dímelo.

Leo contuvo la respiración esperando la respuesta de Phoebe. El hecho de que ella estuviera sentada en su regazo y pareciera estar a gusto lo tranquilizó.

Lo sucedido durante la mañana le había afectado mucho, por el dolor que le había causado a Phoebe. Pero ella no había dejado que su hermana se diera cuenta de hasta qué punto contaba con el niño para las fiestas navideñas. Era la primera vez en tres años que iba a celebrarlas. Y cuando todo parecía ir tan bien...

No era una tragedia, ni tampoco una pérdida permanente, pero sí una situación dolorosa.

Phoebe le pasó la mano por el cabello, despeinándoselo a propósito.

–¿Tengo que decidirlo ya?

–¿Lo de Nochebuena?

–Sí.

–No, eso puede esperar. ¿Significa eso que vas a venir conmigo?

–Supongo que necesitaré un vestido bonito –apuntó ella mientras le acariciaba el lóbulo de la oreja.

–Por supuesto. ¿Es un problema?

Ella le metió la mano por el cuello de la camisa y él se estremeció. Su excitación le resultó incómoda bajo las nalgas de ella.

–En absoluto –replicó ella al tiempo que le desabotonaba los dos botones superiores de la camisa–. Tengo el armario lleno de ropa bonita de cuando trabajaba.

–¿Qué entiendes por «bonita»?

Ella le introdujo la lengua en la boca.

–Con la espalda al aire, con escote muy pronunciado, con una abertura a lo largo del muslo... ¿Qué te parece?

126

Él lanzó un gemido.

–Señor, ten piedad de mí –dijo él, y ella no supo si se refería a la ropa o al hecho de que sus dedos se le estuvieran deslizando por el pecho–. Phoebe –trató de parecer más razonable que desesperado–, ¿eso es un sí?

Ella le tomó el rostro entre las manos. Su expresión era dulce e intensa.

–Gracias, Leo. Me has salvado las Navidades. Aunque me haya resultado difícil tener que despedirme de Teddy, eres el único otro varón que conozco con quien me gustaría pasarlas. Por eso, sí: me encantaría ir contigo a Atlanta.

Leo consiguió convencerla de que se marcharan esa tarde. Ya se estaba imaginando cómo sería hacerle el amor en su enorme cama. La espontánea locura de la noche anterior había sido alucinante, pero a nadie le amargaban unas sábanas suaves y un colchón duro. Además, quería demostrarle que la gran ciudad tenía sus atractivos.

Cuando ella salió de su habitación llevaba una maleta grande y dos pequeñas.

–¿Has entendido que se trata de una visita breve?

Estaba acalorada y sofocada. Dejó las maletas en el suelo y se secó la frente con el dorso de la mano.

–Quiero estar preparada para cualquier eventualidad.

–Ni los astronautas de la NASA van tan preparados –bromeó él–. ¿Vas a llevarte algo más? Ya sabes que conduzco un Jaguar.

–Ella sonrió dulcemente.

–Podemos llevarnos mi camioneta.

Él fingió estremecerse.

–Leo Cavallo tiene una reputación que mantener. Gracias, pero no.

Mientras Phoebe apagaba las luces de la cabaña y ponía sábanas y toallas limpias, Leo examinó su nuevo móvil. No tenía sentido que se lo llevara. Solo lo necesitaría si volvía. Ese pensamiento lo sorprendió, ya que tenía una reserva hasta mediados de enero con la posibilidad de ampliarla dos semanas más.

Por el hecho de que Phoebe y él se presentaran en la fiesta de Navidad, su hermano y su médico no iban a dejarlo en paz. Aún no le había dicho la verdad a Phoebe. Y no tenía claras las razones.

Pero una de ellas sobresalía: la vanidad. No quería que ella lo considerara débil o enfermo, que cambiara su concepto de él al saberlo.

Después de meter el equipaje en el coche y de dejar las llaves a Buford, Leo estaba hambriento. Phoebe había preparado algo para que se lo tomaran en el coche.

–Si quieres podemos tomar la carretera panorámica, en vez de aquella por la que viniste. Discurre por la montaña hasta Cherokee y Carolina del Norte, y de ahí bajaremos a Atlanta.

–De acuerdo. Al menos esta vez conduciré de día.

Phoebe soltó una risita mientras se recostaba en el asiento y esperaba a que él cerrara la puerta del coche.

–Estabas de muy mal humor esa noche.

–Creí que no llegaría, con la lluvia, la niebla y la oscuridad. Tuve suerte de no acabar en el arroyo.

–Tampoco era para tanto.

Él no quiso discutir. Lucía un sol espléndido y hacía una temperatura agradable. Las vistas eran increíbles.

El tiempo se les pasó volando. Hablaron y escucharon música. Si el viaje de ida le había parecido a Leo una tortura, ese día se sentía increíblemente contento de estar vivo.

Al acercarse a la ciudad se le aceleró el pulso. Allí estaban sus raíces. Luc y él habían construido algo allí, algo bueno. Pero ¿y si la vida que conocía y le gustaba no era adecuada para Phoebe?

¿No era pronto para hacerse esa pregunta?

Conforme se acercaban a su destino, su agitación aumentó.

¿Y si a ella no le gustaba su casa?

Phoebe no dijo nada cuando entraron en el aparcamiento que había debajo del edificio. Se detuvo ante la cabina del guarda y lo saludó.

–Hola, Jerome –después se dirigió a Phoebe–. Nos bajamos aquí –y de nuevo se dirigió a Jerome–. ¿Te importa decirle a uno de los chicos que saque el equipaje y nos lo suba?

–Ahora mismo, señor Cavallo.

Leo tomó a Phoebe del codo y la condujo al ascensor, donde usó una llave especial para subir hasta el ático.

Phoebe seguía sin decir nada.

Salieron del ascensor a un pasillo. Ella miró a su alrededor con interés. Una vez dentro de la vivienda, Leo dejó las llaves en una mesita y le tendió la mano.

–¿Quieres que te lo enseñe?

129

Phoebe se sentía como Alicia en el país de las maravillas. Pasar de su cabaña, modesta y cómoda, a aquel nivel de lujo, la había dejado atónita. Sabía que Leo debía de ser rico. Aunque no lo conocía antes de que llegara a la cabaña, conocía el imperio Cavallo y los caros productos que ofrecía. Pero no había entendido hasta qué punto era rico Leo.

–Me faltan las palabras. ¿Debo descalzarme? –preguntó ella.

Él, situado a su espalda, le puso las manos en los hombros, le retiró el pelo y la besó en el cuello.

–Es una vivienda. No sabes lo contento que estoy de que estés aquí.

Ella se volvió hacia él. En su antiguo trabajo se ganaba bien la vida, pero, comparado con aquello, había sido una pordiosera.

¿Cómo sabía él que no le interesaba su dinero?

Lo abrazó por el cuello.

–Gracias por invitarme –le tiró del labio inferior con el pulgar–. Seguro que habrá dormitorios que enseñarme.

–No quería presionarte.

Ella le frotó con la mano la parte delantera de los pantalones.

–He notado que este amigo lleva esperando todo el día.

Sentir su mano, aunque fuera a través de la tela, fue como recibir un electroshock.

–Es su condición permanente cuando estás a mi lado.

–Entonces, supongo que es justo que le ofrezca… esto… esto…

La tomo en brazos sosteniéndola como si fuera una niña.

—El sofá está más cerca —murmuró ella.

El asintió.

—Bien pensado —la besó en la mejilla mientras cruzaba la habitación.

—Nadie sabe que estás en casa, ¿verdad?

—Exacto.

—¿Y no vive nadie más en esta planta?

—No —dijo él mientras la dejaba en el sofá.

Él la miró, sorprendido.

—Cuando te conocí creí que eras una dulce jovencita. Parece que me equivoqué.

—No hay que juzgar un libro por la cubierta —apuntó ella mientras se quitaba el jersey—. Por favor, dime que tienes más de esos paquetitos.

—¡Maldita sea! —exclamó él con desesperación.

—¿Qué pasa?

—Aún no han traído el equipaje.

Por suerte para los dos, sonó el timbre de la puerta. Leo fue a abrir, pero se volvió para mirarla.

—¿Vas a seguir así?

Estaba medio desnuda. Phoebe agarró el jersey y se metió en la cocina, donde, sin prestar atención a las fabulosas encimeras de mármol y a los electrodomésticos de lujo, escuchó la conversación de Leo con el botones…

—Ya se ha ido —dijo él al cabo de unos segundos de haber cerrado la puerta. Tenía en la mano unos cuantos preservativos—. ¿Era esto lo que querías?

Capítulo Diecisiete

A Leo nunca le había parecido que su cocina fuera atractiva. En realidad, pasaba muy poco tiempo allí. Pero con Phoebe medio desnuda, pronto se le ocurrieron un montón de posibilidades.

—Desnúdate del todo —le pidió mientras se apoyaba en una encimera.

Sin decir nada, ella se quitó las botas y los pantalones y se quedó en braguitas y sujetador.

—El suelo está frío —se quejó.

Él se agarró al borde de la encimera. ¡Qué hermosa era!

—No has acabado —apuntó en un tono fingidamente desapasionado.

—No sé por qué eres tan autoritario.

—Porque te gusta.

Percibió la excitación en sus ojos cuando se desabrochó el sujetador, que cayó al suelo. Después se quitó las braguitas con la gracia de una *stripper* y las hizo girar con un dedo.

—Ven a por mí —lo retó ella.

A él se le nubló la vista y comenzó a salivar. Rápidamente evaluó las posibilidades. Al lado de la nevera, un arquitecto genial había pensado en instalar una especie de escritorio que iba a juego con el resto de la cocina y cuya altura era perfecta para lo que pensaba hacer.

Adiós al sofá o al dormitorio. La poseería allí.

—Eres hermosa, Phoebe.

La sinceridad que denotaba la tensión de su voz le indicó a Phoebe que los juegos se habían acabado.

—¿Vas a quedarte ahí para siempre?

—No lo sé —contestó él con seriedad—. Tal como me siento en estos momentos, te tomaría como si estuviera loco.

—¿Y eso es malo? —preguntó ella con una sonrisa.

—Dímelo tú.

Impulsado a actuar por el deseo que experimentaba, la agarró de la cintura y la sentó en el escritorio. Ella gritó cuando la superficie fría entró en contacto con sus nalgas.

Él se bajó la cremallera de los pantalones y liberó su sexo, tan duro como el mármol que los rodeaba, pero mucho más caliente. Se puso un preservativo y se colocó entre las piernas de ella.

—Apoya los pies en el escritorio, cielo.

Ella cooperó al instante, aunque abrió mucho los ojos cuando se dio cuenta de lo que él pretendía hacer.

Leo se situó en la abertura de su centro y la penetró de una embestida agarrándose a sus nalgas para equilibrarse mientras entraba y salía lentamente. Ella le puso las manos alrededor del cuello y enlazó los tobillos en su cintura.

Mientra él se movía en su interior se preguntaba dónde lo harían después. La urgencia le creció en la entrepierna como una fuerza imparable.

—Voy a llegar —gimió él.

Ella apenas había emitido sonido alguno. Él se echó hacia atrás para verle el rostro.

–Dime algo.

Bajó la mano y le frotó suavemente el hinchado botón que había estado rozando repetidamente con la base del sexo. Ella se arqueó y gritó mientras alcanzaba el clímax al tiempo que sus músculos internos lo aferraban con espasmos que estuvieron a punto de volverlo loco.

Con todos los músculos en tensión, se contuvo para disfrutar hasta él último momento del clímax de ella. Cuando Phoebe se quedó inerte en sus brazos, él la embistió salvajemente hasta vaciarse por completo, y en la última embestida su frente chocó con el armario que había encima de la cabeza de ella con tanta fuerza que se fue hacia atrás y chocó con la isla que había en el centro de la cocina.

Phoebe se puso de pie.

–Estás sangrando, Leo –se puso colorada y soltó una carcajada. Lo miró con remordimiento, pero sin dejar de reír.

Él se dijo que tenía cierta gracia, pero se estremeció al llevarse la mano a la frente y bajarla manchada de sangre.

–Haz el favor de vestirte.

Ella puso los ojos en blanco.

–Desnúdate. Vístete… Nunca estás satisfecho con nada.

Él bajó la vista hacia su sexo, que comenzaba a excitarse de nuevo.

–Parece que no.

Cuando ella se puso las braguitas y el sujetador, solo el dolor de la frente lo contuvo para no volver a tomarla.

–Mañana tenemos que ir a una fiesta. ¿Cómo voy a explicar esto? –se quejó él.

Phoebe lo tomó de la mano y se dirigieron a los dormitorios.

–¿Cuál es el tuyo?

Él se lo indicó. Entraron y fueron al cuarto de baño.

–Vamos a ponerte algo en esa herida. Además, siempre puedes maquillártela.

–Estupendo.

Ella abrió el cajón que él le señaló y sacó lo necesario.

–Siéntate en el taburete.

Él se puso los pantalones y se sentó.

–¿Me va a doler?

–Probablemente.

Phoebe mojó un trozo de algodón en alcohol y se lo aplicó. Le escoció mucho. Se miró al espejo.

Tenía la brecha en medio de la frente. Le puso una pomada antiséptica que cubrió verticalmente con dos tiritas. Leo pensó que parecía Frankenstein.

Sus ojos se encontraron en el espejo. Phoebe se llevó la mano a la boca.

–Lo siento –masculló sin dejar de reírse.

–Menos mal que no te dio por ser enfermera. ¿Tienes hambre?

Phoebe se secó los ojos y asintió.

–En ese caso, te voy a enseñar tu habitación para que te vistas y te arregles. El sitio al que voy a llevarte es íntimo, pero informal.

***

Phoebe no sabía qué pensar sobre la suite que ocuparía durante su estancia allí. Era increíble. Metros y metros de alfombras, muebles de madera blanca y una colcha en la que había bordadas miles de flores. El cuarto de baño era como el de Leo. Aunque la verdad era que había creído que dormirían juntos.

Se dio una ducha rápida, sin mojarse el cabello. Se lo cepilló y se hizo una cola de caballo. Se vistió con falda, medias y zapatos negros, una camisa rosa y un jersey también negro.

Había olvidado lo divertido que era vestirse para una cita. Se puso una cadena de plata al cuello y jugueteó con el colgante, un disco de plata con la letra «P» grabada. Era la inicial del nombre de su madre, igual que la suya. Phoebe había decidido que, si tenía una hija, la llamaría Polly.

Le resultaba difícil imaginarse embarazada de nuevo. ¿Estaría aterrorizada los nueve meses? El médico le había dicho que no había motivo alguno para que su siguiente embarazo no fuese normal. Pero le resultaría muy difícil no preocuparse.

Aunque pensar en un embarazo en aquel momento carecía de sentido. No había en su vida más hombre que Leo, y se acababan de conocer. Aunque la relación fuera seria, que no lo era, él no quería tener hijos.

Era evidente que quería a sus sobrinos, y se había portado de maravilla con Teddy. Pero no era de esos que pensaban en formar un hogar y una familia. Dirigir el imperio Cavallo le exigía dedicación completa. Y le encantaba. Con su nivel de responsabilidad, tener vida personal sería arriesgado.

Sin embargo, su hermano Luc parecía haber conseguido un equilibrio, aunque tal vez no tuviera tanta devoción al deber como Leo.

Después de vestirse fue al salón.

–¡Qué rápida! –exclamó él al tiempo que la miraba de arriba abajo–. Voy a ser la envidia de todos los hombres del restaurante.

Ella le sonrió y le tocó levemente la frente.

–¿Estás bien?

–Me duele un poco, pero sobreviviré. ¿Lista?

Ella asintió.

–¿Y si nos pasamos por una farmacia para comprar tiritas más pequeñas, para que no asustes a los niños?

–Muy graciosa.

–Lo digo en serio.

–Yo también.

Capítulo Dieciocho

Después de una breve parada en la farmacia, llegaron a un pequeño bistró en el centro de la ciudad. El maître reconoció a Leo y los acompañó a una mesa en un rincón.

—Sr. Cavallo —dijo—. Me alegro de que esté bien.

—Gracias —respondió Leo con una expresión extraña.

Leo le entregó el menú a Phoebe.

—Yo tengo algunos platos preferidos, pero échale un vistazo. Todo está delicioso.

Después de que el camarero se hubiera marchado con la comanda, ella ladeó la cabeza y miró a Leo sonriendo.

—¿Todo el mundo sabe quién eres en Atlanta?

—En absoluto. Solo soy el tipo que extiende los cheques.

—Muy modesto.

—Es cierto.

¿No tienes la habitual agenda negra llena de nombres?

—Solo mi teléfono es negro. Y muy pocos de mis contactos son mujeres.

—Eso no es una respuesta.

—Me acojo al derecho a no responder.

Phoebe disfrutó enormemente de la cena. Leo era el

hombre más impresionante de la sala, con herida en la frente y todo. A pesar de su gran tamaño, agarraba con delicadeza la copa de vino.

Al pensar en la delicadeza de su tacto, Phoebe estuvo a punto de atragantarse. Tomó unos sorbos de agua y se recuperó.

—No sé en qué estás pensando, pero estás toda colorada —observó él sonriendo.

De vuelta a casa, comenzó a llover. Leo se desvió por una calle lateral y aparcó. Miró fijamente el limpiaparabrisas con las manos aferradas al volante.

—¿Qué pasa? —le preguntó ella.

Él la miró.

—Nada. ¿Te importa que subamos a mi despacho?

Ella alzó la cabeza y vio el nombre Cavallo en el edificio frente al que se hallaban.

—Claro que no.

Leo se estaba comportando de forma muy extraña.

Él salió del coche, abrió un paraguas y rodeó el vehículo para ayudarla a bajar.

—Por allí —le indicó, tras haber abierto la puerta principal. Después utilizó otra llave para abrir el ascensor.

Ella había visto muchas películas en las que los amantes se besaban apasionadamente mientras subían en ascensor, pero era evidente que no era el caso de Leo, ya que se apoyó en la pared y se dedicó a mirar los números de las plantas a medida que ascendían. La empresa ocupaba los doce pisos superiores.

Cuando llegaron se dirigieron al despacho de Leo, en cuya puerta figuraba su nombre. Él abrió la puerta, pasaron por la sala en que trabajaba su secretaria y atravesaron una última puerta.

Leo se detuvo tan bruscamente que ella estuvo a punto de chocar con él. A Phoebe le dio la impresión de que se había olvidado de su presencia. Él caminó lentamente y se detuvo para pasar la mano por el borde de lo que, evidentemente, era su escritorio, en cuya superficie no había nada.

Leo se volvió hacia ella con una expresión de consternación en el rostro.

–Ponte cómoda –le dijo señalando una silla de cuero y una otomana, cerca de la ventana–. No tardaré.

Ella se sentó y observó que, al igual que en casa de Leo, en el despacho, obviamente el epicentro de su vida, también había dos paredes de cristal, por las que se divisaba la ciudad iluminada.

Él deambuló por la habitación abriendo cajones, moviendo papeles y tocando las hojas de las plantas. Estaba tenso o, como mínimo, confundido.

Ella agarró una revista de actualidad de una mesita que había al lado de la silla, pero era del mes anterior, y ya conocía la mayor parte de las noticias. Asimismo había unos cuantos periódicos dominicales, también atrasados. Tomó el primero y vio un artículo en el que había una foto. Era Leo.

Lo leyó y se le hizo un nudo en el estómago. Tenía que haber un error.

Se levantó con el periódico en la mano y miró a Leo con una mezcla de incredulidad, pesar e ira.

–¿Has tenido un infarto?

Leo se quedó inmóvil durante unos segundos, pero se volvió. Tenía todo el cuerpo en tensión, como si fuera a enfrentarse a un enemigo.

–¿Quién te lo ha dicho?

Ella le arrojó el periódico.

—Lo pone ahí —gritó—. ¡Por Dios, Leo! ¿Por qué no me lo habías dicho?

Él fue a contestar, pero ella lo interrumpió con un gemido.

—Estuviste transportando leña. Y cortaste un árbol. Te hice bajar cajas pesadas de la buhardilla.

—¡Maldita sea, Leo! ¿Cómo no me lo contaste?

—No era para tanto.

Ella se estremeció mientras un remolino de ideas le bullía en la cabeza. Leo podía haber muerto, y ella no hubiera llegado a conocer su sentido del humor, su amabilidad, su increíble personalidad y su cuerpo perfecto.

—Hazme caso, Leo. Cuando un hombre de treinta y tantos años sufre un infarto, es para tanto y para mucho más.

—Fue un ataque leve. Es hereditario. Estoy en plena forma. Lo único que debo hacer es vigilar determinados marcadores.

—Dijiste que tu padre tuvo un infarto y que por eso se estrelló con el barco.

—Sí.

—¿Y ya está? ¿Sí? ¿No se te ocurrió mientras me hacías el amor que tu historia médica era algo que yo debía saber? ¡Maldita sea, Leo! Te he contado todos los detalles de mi pasado, ¿y tú no has podido molestarte en contarme algo tan importante como que has sufrido un ataque cardiaco?

El corazón le golpeaba en el pecho con violencia.

—Nunca te había oído maldecir. No me gusta —le reprochó él.

–Pues me da igual. Por eso viniste a mi cabaña, ¿verdad? Creí que tal vez hubieras tenido una mala gripe o una neumonía; o incluso una crisis nerviosa. Pero un infarto…

Las piernas se negaron a seguir sosteniéndola y volvió a sentarse. Estaba enfadada y decepcionada y, sobre todo, temía por él.

–¿Por qué no me lo dijiste? ¿Por qué no me confiaste la verdad? Creo que al menos me merecía eso.

De pronto Phoebe se dio cuenta de que no le había hablado de su enfermedad, porque ella no le importaba, porque no era para él más que una aventura de vacaciones. No pensaba en serio en un futuro con ella. Su intención era retomar su antigua vida en el punto en que la había dejado, en cuanto el médico le diera permiso.

Él se sentó en la otomana y le puso la mano en la pierna.

–No me resultaba fácil hablar de ello, Phoebe. Intenta entenderlo. Soy un hombre joven y, de pronto, dejé de respirar. Fue una experiencia horrible. Lo único que quería era olvidarla.

–Pero no querías ir a la montaña.

–No, pero mi médico, que es un buen amigo, y mi hermano, que es mi mejor amigo, no me dieron opción. Se suponía que tenía que aprender a controlar el estrés.

Ella tragó saliva y deseó que no la estuviera tocando.

–Tuvimos relaciones sexuales, Leo. Creo que eso es algo muy íntimo. Pero ya veo que yo solo era una pieza más de tu plan de convalecencia.

Él tragó saliva y se mesó el cabello.

–La primera vez que estuvimos así no había tenido sexo desde que sufrí el infarto. ¿Qué quieres que te diga?, ¿que estaba muerto de miedo? ¿Te sentirás mejor así?

Ella sabía que los hombres tenían miedo de parecer débiles y de tener testigos de su vulnerabilidad, pero eso no alivió su desesperación.

–No te has tomado nada de esto en serio, ¿no es así, Leo? Crees que eres invencible y que tu exilio solo es un inconveniente temporal. ¿Acaso quieres cambiar de costumbres?

–No es tan sencillo.

–Nada importante lo es –susurró ella. Se levantó y se dirigió a la ventana mientras intentaba tragarse las lágrimas. Si él no estaba dispuesto a reconocer que necesitaba una vida fuera del trabajo, y si no estaba dispuesto a ser sincero consigo mismo ni con ella, no estaba preparado para el tipo de relación que ella deseaba.

En ese momento supo que cualquier débil esperanza que hubiese albergado de tener una relación con él, aunque fuera a corto plazo, era vana.

–¿Nos vamos? Estoy cansada. Ha sido un día muy largo.

Capítulo Diecinueve

Leo era consciente de que había hecho daño a Phoebe, pero no sabía cómo repararlo. En cuanto llegaron a su casa, ella se marchó a su habitación. Al día siguiente, apenas hablaron.

Haber ido a su despacho la noche anterior había trastornado a Leo. La habitación estaba limpia y fría, como si su último ocupante hubiera muerto y estuviera esperando a su sustituto.

Leo había pensado que podría tener una especie de revelación sobre su vida si volvía a pisar su lugar de trabajo.

Si se hubieran ido a casa directamente desde el restaurante, Phoebe y él habrían pasado la noche juntos. Pero su comportamiento impulsivo lo había arruinado todo.

No la culpaba por estar enfadada. Sin embargo, si tuviera que volver a empezar, no le contaría lo del infarto, ya que no era una noticia que un hombre contaba a una mujer a la que quería impresionar.

Y él quería impresionar a Phoebe con su intelecto, su éxito empresarial y su vida en general.

Al recordar su breve estancia en la mágica cabaña de Phoebe, todo cuadraba. La razón de que su despacho le pareciera frío y vacío no era el hecho de haber estado fuera varias semanas, sino el reconocimiento, a disgusto, de la diferencia entre su lugar de trabajo y el cálido y alegre hogar que ella había creado.

A pesar de su dolor, Phoebe no se había convertido en una mujer amargada, sino que había tenido el valor de creer que encontraría las respuestas que buscaba. Su soledad y su nueva forma de vida le habían proporcionado valiosas enseñanzas sobre lo que era importante. Y había querido compartirlas con él, que, en su arrogancia, se había negado a aceptar que su experiencia pudiera arrojar luz alguna sobre su vida.

¡Qué estúpido había sido! Le había mentido por omisión y había adoptado una actitud condescendiente sobre su sencilla forma de vida.

Él necesitaba hallar un equilibrio en su vida. Su hermano lo había conseguido. Sin duda, podría seguir su ejemplo. Y con independencia de eso, necesitaba a Phoebe más de lo que nunca hubiera creído. Pero la había perdido por su egoísmo. Tal vez para siempre. Tendría que emplear todo su ingenio para recuperar su confianza.

La magnitud de su fracaso le había dado una lección de humildad. Pero mientras hubiera vida, habría esperanza.

Leo le pidió a Phoebe que se quedara para la fiesta, y ella accedió. Él sabía que había reservado un vuelo para la mañana siguiente, porque había estado escuchando detrás de la puerta mientras lo hacía.

Cuando ella apareció en el vestíbulo, Leo sintió que el corazón se le detenía. Un estallido de pasión y de lujuria lo sacudió de arriba abajo.

Phoebe llevaba un vestido granate que era tal y como ella lo había descrito. Con la espalda al aire, de escote pronunciado y con una abertura lateral por la que lucía toda la pierna. Unos zapatos de tacón muy alto la ponían casi a la misma altura que él. Llevaba el pelo suelto, una ancha pulsera de plata y pendientes a juego.

Él se aclaró la garganta.

—Estás espléndida.

—Gracias —dijo ella con expresión distante.

Él había esperado que esa noche se estrechara su relación al mostrarle parte de su vida: a su familia, a sus empleados y el hecho de que los pilares de la empresa fueran la fiabilidad y la integridad. Pero se había abierto un abismo entre ellos.

Y detestaba que estuvieran así, pero, si era necesario, recurriría a la mutua atracción física para salvar aquel abismo, para recuperarla. Su futuro se hallaba en juego. Todo por lo que hasta entonces había luchado le parecía carente de valor. Sin el amor y la confianza de ella, no tenía nada.

Por suerte, la casa de su hermano estaba cerca, en un antiguo y elegante barrio de Atlanta para los ricos y poderosos. Pero Luc y Hattie habían formado un hogar cálido y acogedor donde los niños corrían y jugaban, aunque el pequeño Luc aún era demasiado pequeño para eso.

Leo entregó las llaves del Jaguar al aparcacoches y condujo a Phoebe hacia la casa. Todos los arbustos estaban decorados con lucecitas blancas.

–Me encanta este sitio –dijo ella.

–Luc y Hattie estarán probablemente en la entrada para recibir a los invitados, pero tal vez podamos sentarnos luego un rato con ellos y charlar.

Phoebe se marchaba a la mañana siguiente, y la relación entre ambos estaba muerta, pero, de todos modos, Leo quería que conociera a su hermano.

En cuanto Luc vio a Leo, le dio un abrazo tan fuerte, que, al verlo, a Phoebe se le saltaron las lágrimas. A Hattie le sucedió lo mismo. Los dos hermanos, de esmoquin, estaban muy guapos. Casi parecían actores de cine.

Luc le estrechó la mano a Phoebe.

–No estaba seguro de si Leo volvería para las vacaciones. Me alegro de que una mujer tan encantadora lo esté cuidando.

Leo apretó los dientes, aunque siguió sonriendo.

–Phoebe es mi acompañante, no mi enfermera.

Hattie susurró algo a su marido, y este asintió.

–¿Podemos ver a los niños? –preguntó Leo.

Hattie le acarició la mejilla sonriéndole con afecto.

–Están durmiendo en el piso de arriba con una canguro, pero podéis echarles una ojeada –sonrió a Phoebe–. Leo adora a nuestros hijos. No conozco a nadie que tenga un corazón más bondadoso, así que Dios sabe qué pasará cuando tenga a los suyos.

–¡Oye! –protestó Luc con una falsa expresión de indignación–. ¿Y yo?

–No te preocupes, querido. A ti siempre te querré más.

Leo y Phoebe entraron en la casa. Era evidente que él era un hombre conocido y querido. Todos le trataban con respeto y afecto.

Al cabo de una hora, Phoebe se dio cuenta de que Leo se estaba impacientando. Tal vez no hubiera previsto que le hicieran tantas preguntas sobre su recuperación. Ella odiaba la situación violenta en que ambos se hallaban, pero, a pesar del daño que le había hecho, quería ayudarlo. Aunque no pudiera ser suyo, quería que fuera feliz. Le tocó el brazo.

—¿Quieres que vayamos a ver a tus sobrinos?

Él asintió, aliviado.

Subieron y fueron primero a la habitación del niño. Leo le acarició la espalda. Después fueron al dormitorio de la niña.

—Ya sabes que no es hija biológica de mi hermano. Al morir la hermana de Hattie, esta la acogió para criarla. Cuando Luc y ella se casaron, la adoptaron.

—¿Llevan mucho tiempo casados?

—Menos de dos años. Iban muy en serio en la universidad, pero la cosa no funcionó, aunque tuvieron la suerte de volver a encontrarse posteriormente.

Leo se llevó la mano de su sobrina a los labios. Resultaba evidente que era capaz de ofrecer mucho cariño y afecto y que sentía por sus sobrinos lo mismo que Phoebe por Teddy.

—¿Damos un paseo? —le preguntó él con la voz grave.

—Muy bien.

Salieron a la terraza de la parte trasera de la casa. Nevaba ligeramente y hacía frío. En el centro de la terraza ardía el fuego en una chimenea. Salvo por el hombre que le echaba troncos, Leo y Phoebe estaban solos.

Una oleada de tristeza invadió a Phoebe. Si Leo y ella se hubieran conocido en otras circunstancias… Si ella no hubiera sufrido en el pasado ni él hubiera tenido un infarto… Hubieran sido ellos dos solos y la mutua atracción que experimentaban, y podrían haber gozado de una relación sexual que tal vez se hubiera convertido en algo más.

Revivió su reciente pelea. Lo había acusado de no querer cambiar, pero ¿no era ella igual de cobarde? Había pasado de un extremo al otro: de adicta al trabajo a ermitaña. Un cambio tan radical no era en absoluto equilibrado.

Perdida en sus pensamientos, se sobresaltó cuando Leo la tomó de los hombros y la giró hacia sí. Su mirada era inescrutable.

—Tengo algo que proponerte, Phoebe. Escúchame antes de decir nada.

—Muy bien.

Él la soltó, como si no pudiera hablar libremente si se tocaban.

—En primer lugar, siento no haberte contado lo del infarto. Fue una cuestión de orgullo, ya que no quería que tu buena opinión de mí disminuyera.

—Pero yo… —se mordió los labios para no seguir hablando, dispuesta a escuchar, como él le había pedido.

—Cuando te conocí, estaba enfadado, amargado y confundido. Había pasado una semana en el hospital y otra aquí, con Luc. Y para colmo me exiliaban a Tennessee.

—Es un Estado muy agradable —apuntó ella.

Él esbozó una leve sonrisa.

–Es muy bonito, pero eso da igual. Te miré y vi a una mujer deseable, con defectos, claro, como todos. Pero no quería que tú vieras los míos, sino que pensaras que era un hombre fuerte y capaz.

–Y lo hice.

–Pero debes reconocer la verdad, Phoebe. Anoche, en mi despacho, me miraste con otros ojos.

–No lo entiendes. Estaba enfadada, desde luego. Me aterrorizaba que te hubieras hallado en una situación tan peligrosa, y me enfadaba que no hubieras confiado en mí. Pero no te miré con otros ojos. Te equivocas si lo crees así.

Él deambuló por la terraza durante unos minutos. Al final se detuvo y dijo:

–Hemos ido demasiado lejos demasiado pronto. Quiero decirte cosas que son muy serias, pero es pronto.

A ella se le cayó el alma a los pies.

–Entonces, ¿ya está? ¿Lo atribuimos todo a que no ha sido el momento justo y nos separamos?

–¿Es eso lo que quieres?

–No, en absoluto –replicó ella con sinceridad cuando había tanto en juego–. Así que si tienes un plan, te escucho.

–Muy bien. Te propongo que volvamos a tu casa a pasar la Nochebuena. Me quedaré contigo el resto del tiempo que habíamos acordado y trataré de aprender a no obsesionarme con el trabajo.

–¿Es eso posible? –le preguntó ella sonriendo.

–Eso espero, porque te quiero en mi vida, Phoebe. Y tú te mereces a un hombre que no solo te haga sitio en la suya, sino que te coloque en el centro.

Una lágrima se deslizó por la mejilla femenina.

—¿Hay algo más?

—Sí, y es la parte que me asusta. A finales de enero, suponiendo que no nos hayamos asesinado mutuamente o que no estemos muertos de aburrimiento, quiero que vuelvas conmigo a Atlanta como mi prometida. De momento, solo somos un hombre y una mujer que se sienten mutuamente atraídos.

—Muy atraídos —afirmó ella dando un paso hacia él.

Leo alzó la mano.

—Aún no. Déjame terminar.

—Sigue.

—No te critico, Phoebe, pero debes reconocer que también tienes problemas para hallar un equilibrio. El trabajo es algo válido e importante. Pero cuando te fuiste de Charlotte amputaste esa parte de ti.

Ella hizo una mueca.

—Tienes razón, pero no sé cómo dar el paso en la dirección contraria.

Él esbozó una leve sonrisa.

—Cuando volvamos a Atlanta, quiero que trabajes para la empresa Cavallo. Me vendría bien alguien con tu experiencia y tu instinto financiero. Entiendo por qué huiste a la montaña. Y me temo que, conociéndonos, necesitaremos tu cabaña como una vía de escape cuando el trabajo amenace con devorarnos.

—Me temo, Leo, que metí la pata hasta el fondo al huir.

Él negó con la cabeza.

—Tenías a un hombre que no te merecía y perdiste a tu bebé. Fue una tragedia, pero es hora de volver a vivir, Phoebe. Quiero que lo hagamos los dos. No está mal apasionarte por tu trabajo pero creo que, juntos, encontraremos ese equilibrio y esa tranquilidad que son fundamentales. Y una cosa más.

Ella temblaba más por dentro que por fuera. Leo parecía tan seguro… ¿Tendría ella otra oportunidad de ser feliz?

—¿El qué?

Él la abrazó y le tomó el rostro con suavidad entre las manos.

—Quiero tener hijos contigo. Creía que mi vida era estupenda, pero tuve el infarto y te conocí. Y de pronto, puse en tela de juicio todo lo que sabía de mí mismo. Observarte con Teddy me afectó. Y esta noche, al contemplar a los hijos de Luc y Hattie, lo he visto claro. Tú y yo, Phoebe, contra todo pronóstico, tenemos una posibilidad de ser felices casándonos. Creo que, con la persona adecuada, la vida puede ser perfecta.

La besó suavemente.

—¿Quieres ser mi casi prometida? —susurró con voz ronca al tiempo que sus manos descendían por la espalda de ella hasta llegar a las caderas. La apretó más contra sí y escondió el rostro en su cuello. Ella lo sintió temblar.

Phoebe había sufrido durante mucho tiempo. La cobardía y el miedo a que la volvieran a hacer daño la habían limitado, del mismo modo que a él su dedicación al trabajo.

El anciano que echaba leña al fuego había entrado, probablemente a calentarse. Phoebe ahogó un grito cuando Leo le metió la mano por al abertura de la falda y se la levantó hasta la parte superior del muslo. Sus dedos estaban peligrosamente cerca del lugar en que su cuerpo ansiaba tenerlo. Mientras la acariciaba, le mordisqueó la oreja y el cuello.

–Necesito que me des una respuesta, amor mío. Por favor.

Phoebe se sentía viva. Él la abrazó con fuerza, como si temiera que fuera a salir corriendo, lo cual era ridículo, ya que no había otro lugar en que ella prefiriera estar.

Phoebe se tomó unos instantes para despedirse del niño al que no conocería. Se le habían desvanecido muchas esperanzas y sueños, pero la montaña le había enseñado a estar en paz consigo misma. Había sobrevivido y, por eso, se le ofrecía otra oportunidad.

Apoyó la mejilla en la camisa de Leo y oyó los latidos de su corazón al tiempo que asentía.

–Sí, Leo, creo que quiero.

Epílogo

Leo tenía las manos sudorosas.

–Date prisa, Phoebe. Llegarán de un momento a otro.

Estaba nervioso por la sorpresa que le tenía preparada, ya que, si ella se demoraba más tiempo, se la echaría a perder.

Ese año, su casa tenía un enorme árbol de Navidad cargado de adornos. Del candelabro colgaban trozos de muérdago atados con cintas rojas.

Se le aceleró la respiración al recordar cómo Phoebe y él habían bautizado dicho muérdago: haciendo el amor en la alfombra que había debajo del candelabro. De hecho, habían bautizado casi todo el ático de la misma manera.

Se tiró de la pajarita al sentirse repentinamente acalorado.

Por fin, su querida esposa apareció.

–Con este vestido rojo parezco un tomate gigante.

La atrajo hacia sí para besarla y le acarició el hinchado vientre.

–El rojo es mi nuevo color preferido.

Al sentir la vida que crecía en el interior de su amada Phoebe se le hizo un nudo en la garganta y se le humedecieron los ojos. Se habían producido tantos milagros en su vida… Había tanto amor…

Ella le devolvió el beso con pasión. La fuerza que los había unido al principio no había desaparecido, sino que había aumentado con el tiempo.

Esa noche, sin embargo, tenían que ir a cenar con Luc y Hattie y, después, a la ópera.

Ella se frotó la espalda.

—Espero caber en el asiento del teatro.

Él sonrió de oreja a oreja.

—No hace falta que te diga que estás preciosa. Sabes que eres la embarazada más sexy del Estado. Pero siéntate, amor mío. Hay algo que quiero darte antes de que lleguen.

Ella se sentó en un sillón haciendo una mueca.

—Faltan cinco días para Navidad.

—Es un regalo por adelantado.

Se sacó del bolsillo de la chaqueta un estuche rectangular de terciopelo rojo.

—Lo he encargado especialmente para ti.

Phoebe tomo el estuche. Dentro había un collar exquisito: dos docenas o más de copos de nieve de diamante brillaban en una cadena de platino. La emoción la dejó sin palabras.

Leo se arrodilló a su lado, sacó el collar y se lo puso. Ella se llevó la mano al cuello y miró a Leo al tiempo que palpaba la prueba tangible de su generoso amor.

—Gracias, Leo. Es precioso.

Él la tomó de la mano.

—Podría haber esperado a nuestro aniversario. Pero esta noche es especial para mí. Hace exactamente un año que me diste una nueva vida, una vida maravillosa.

Ella le acarició el cabello al tiempo que le ponía la

155

otra mano en la nuca para atraerlo hacia sí y volver a besarlo.

—¿Tratas de imitar a James Stewart en sus películas? —bromeó ella, con el corazón a punto de estallarle de la emoción.

Él le acarició el vientre y rio al notar que su hijo pataleaba.

—En absoluto, cariño. Doy gracias por lo que tengo. Y por ti, debo darlas por partida doble.

Deseo

ESPECTÁCULO DE ESTRELLAS

KATE HARDY

Kerry Francis no se parecía en nada a las despampanantes rubias de piernas largas con las que salía Adam McRae, su atractivo vecino. Aunque Adam le resultaba irresistible, solo eran amigos… hasta que él le pidió que se hiciera pasar por su novia.

Hasta ese momento, las únicas estrellas que Kerry había visto eran las que diseñaba para sus espectáculos de pirotecnia. Pero los besos y las caricias de Adam, de mentira, por supuesto, le hicieron ver algo más que las estrellas. Y cuando terminaron casándose… La noche de bodas fue inolvidable. Pero Kerry se había enamorado y no sabía lo que iba a pasar cuando la luna de miel llegara a su fin.

Una aventura amorosa explosiva

¡YA EN TU PUNTO DE VENTA!

Deseo

SECRETOS DE UN MATRIMONIO

NALINI SINGH

Lo único en lo que podía pensar Caleb Callaghan cuando, después de separarse, su esposa Vicki le comunicó que estaba embarazada, era en reconciliarse con ella. Esa vez el matrimonio funcionaría, y no importaba lo que tuviera que hacer para conseguirlo.

Pero quizá el precio de Vicki fuera demasiado alto. Quería algo más que amor... exigía que entre ellos hubiera total sinceridad. Sin embargo, había algo en el pasado de Caleb que él no podía contarle. Porque la verdad podría destruirlos.

Todos los matrimonios tienen sus secretos...

¡YA EN TU PUNTO DE VENTA!